目　次
Contents

本文イラスト
山西ゲンイチ
（人生のこつあれこれ 2013＋Banakobanashi）

人生のこつあれこれ 2013

1月
January

1月

宮本輝《てる》先生と対談をした。

心から嬉《うれ》しいと思った。

彼は私にとってほんとうに不思議な人で、人生の節目節目に突然現れてきて神様の化身みたいにずばりと神託をくださるのである。

ふだんは輝先生のことを特に考えない。

しかし心の中のどこかに、遠い昔に訪ねた輝先生のおうちとご家族の姿が焼き付いていて、あんなふうになれたら、とずっと思っていたことをたまに再確認する。

輝先生のおうちに遊びに行って「作家の内面は基本的に地獄だし、それを受け入れていこうとも思う。でもこのように幸せを大切にする生活が叶《かな》うなら、少しでもそうあろうとしてよいのだ」と二十代の私は思った。

苦しくつらい病気の余韻を抱え、激しい人生経験を抱え、それでも人であるかぎり幸せであろうというごまかしのない愛情が家中にあふれていた。豊かでご家族も仲良く一見単に気楽でうらやましく見えるその家の中には、目に見えない大変さやそれを乗り越えて来た強い何かの気配があった。

私はそのとき結婚しようとしていた男の人といっしょに遊びに行かせてもらったんだけれど、輝先生にそれを告げたらびっくりなさって、

「お～い、えらいこっちゃ、結婚やて」

とキッチンの奥さまを呼び、下にいたビーグル犬にも、

「おいマック、結婚するんやて」

とおっしゃった。

今もあの光景を思い出すとぷっと笑ってしまう。

新刊をお送りいただいて（ちなみに五木寛之《ひろゆき》先生と村上龍《りゅう》先生と瀬戸内寂聴先生と山田詠美《えいみ》先生と森博嗣《ひろし》先生と宮本輝先生は、私が拙著を勝手に送りつけているのに、かかさず新刊を送ってくださる。輝先生と五木先生に至っては二十五年間も。一流と呼ばれる人はやはり違う。小さいことに思えるけど、実はすごく大きいことのような気がする。あと、いっしょにしていいのかわからないけど『ポテン生活』

の木下晋也《しんや》先生も……ううむ！　そして村上春樹《はるき》先生は『こればななさん好きかと思って』と思った本だけそうおっしゃって送ってくださるが、それも春樹先生らしくて萌《も》え）、読んでいるあいだの毎日が、なにかすてきなものに包まれているような幸せをいつも感じる。

川シリーズや流転《るてん》の海シリーズの一人っ子ちゃん（輝先生の分身）の性格や育ち方がうちの子どもにあまりにも似ているから胸いっぱいだというのもあるけれど、もっと違う、温かい光みたいなものがずっとそばにあるのだ。

震災のときもそうだった。

気持ちが落ち着かなくて本をあまり読めなかったのに「三十光年の星たち」を少しずつ読む時間だけが温かいものに照らされているようだった。節電で暖房がない暗い寒い部屋でふとんに入って、ライトの光の真下だけが明るい中、小説の中の不器用で優しい若者が人生を学んでいく過程を見るだけで、気持ちが落ち着いたのを覚えている。

私の本もそのようにだれかに読まれるといいなと切に願ったことも。

よしもとばななにはよしもとばななの小説はないけれど、よしもとばななには宮本輝の小説があるのだ（笑）。

　私の子どもの育て方は特殊で、私の育った家庭と今の仕事と高齢になってからの子どもだというのが全部重なったもので、ほんと〜うによく批判される。近い人にも遠い人にもすれちがった人にさえも。

　基本的にはどこにでも連れて行きながら育てるということで、親と離れてお手伝いさんに家に宿泊してもらってまでは仕事をしない、というスタンスでいる。

　それで単に仕事をあんまりしなければ全然問題ないんだけれど、貧乏ひまなしでそうも言っておられず、いつもどたばたしている。あと十年、自立の歳《とし》になるまではある程度これを続けるしかない。

　人生は一度しかない。

　日本国民であることやみなと同じにすること以上に、他の人を害さない範囲で健康や愛を優先することにした。

　それを言葉をつくして説明し、理解してもらった相手とだけ、これまでなんとかお仕事をしてきた。もちろん打ち合わせや打ち上げにはシッターさんがいればいさせないが、いなければ連れて行くし、出張はほぼ100％連れて行く。そしてそのことを学校にして学んでもらう。出入国のしかた、乗り継ぎのしかた、現地の言葉、礼儀、天候、ブックフェアや講演の雰囲気、クリエーターや裏方さんのすごさ。

ホームスクールと旅家族の中間くらいの方法で、世界中にこれを実践している仲間はたくさんいる。

その子たちならではのだめなところ、至らないところは必ず出てくると思うけれど、世の中にとっていいところも必ず出てくる、そう信じている。

「生意気なことを申し上げていることは承知ですが、可能なら対談を昼間にしていただけますか？　子どもが小さいうちは、お母さんは夜いっしょにいると決めたのです」怒られてもしかたないといつもの決意を持って輝先生に言った私に、輝先生からそれは大切なことだと思う、だから自分から東京に足を運びます、という内容の、絵文字がついたとても優しいメールをいただいた。

その短いメールの文章全体から輝先生の小説から感じられるのと同じ強く明るい光がキラキラこぼれてきて、その文章のさりげないながらもあまりにすごい力に私はうなってしまった。

自分のしていることがよいかどうかは、自分が最後の責任を持つから気にしていない。

でも、愛をもって心底わかってもらえるということがこんなにも大きなことだとは思っていなかった。

輝先生の育ちもこれまでの道のりも、作家であるという業《ごう》があるぶん、決して楽なものではなかったことは知っている。それでも良きことを描こうとする姿勢に私はいつもうたれる。

輝先生はきれいごとやサガン的なものを描いているのではなく、骸骨《がいこつ》ビルのモデルのビルや泥の河のモデルの川付近の貧しい人々と混じっての暮らし、実業家としてのお父さんの失墜や病気や死、それらのむちゃくちゃドロドロした世界（まわりにもたくさんいるけれど、小商いではない商売人の息子が見てくるものは、ほんとうに地獄なのだ）を経たからこそ今のような作品を描けるのだろう。ご本人は繊細と大胆が入り交じっていて（そこは私との共通項）そんなに安定しているわけではないはず。しかしその場に輝先生がいるだけで、なぜかこの世でたったひとつの確かなものがある気がするのは、いろいろ見てきた大きな目を持っているからだと思う。

それが、作家というもののよさだ。

若い人ほど、読んでほしい作品がいっぱいある。

ものすごい先輩がいると、自分もがんばれるんだな、そう思った。


先月の日記で、父はあんなに仕事に人生を捧《ささ》げたのに全集も出ないなんて、信じられなかった、でも、高知の松岡さんがこつこつまとめて出版してくださっているからもういいや……みたいなことをあまり実名を出さずに遠回しに（遠かったかな⁉）記録しておこうと思って書いたけれど、全然違うルートからすばらしい手助けの話がやってきた。

これぞ男気！　みたいな話だった。

先月の日記は出版を本気であきらめたからこそ書いたのであって、そんなことひとかけらも期待していなかった。

父がしてきたことが他の人を確かに励ましてきた、そのことが伝わってきて嬉しかった。口で業績を称《たた》えたり「文化をだいじにしていきたいです」「いい本にします」と言うのは無料の上簡単だし、だれにでもできる。自分もリスクをおって行動できるということは、ほんとうに父がその人を励ましてきたということだと思う。

丸尾兄貴がよく「暇をかけなあかん」って言ってるけど、ほんとうにそうだ。まいた種は必ずいつか芽を出す。信じてお水をあげるしかない。たとえその土の下で種が腐ってしまっても、もしかしたらひょんなことから近所の人が同じ種を持って来るかもしれないし、空を飛んでいる鳥がふんをしてそこにたまたまその種が入っているかもしれない。

これは絵空事でも非科学的なのでもない。

今回のことだって、もしもお母さんが死んだ次の日に対談なんてできないからやらない！　と思ってやらなかったら、ご縁ができなかった（さすがにお葬式に丸まるかぶっていた三砂《みさご》ちづるさんとの対談は延期にしてもらったけれど。三砂さんはほんとうに優しくて、後からゲラをほとんど書籍が完成するくらいきれいに直してくださって、そのことをちっとも恩着せがましく言わない。なによりもあの色っぽくてかわいらしい笑顔を見たら、いっぺんに疲れがなくなる。あんな先生がいたら一生大学に通いたい)。

それというのも「こんな泣いた顔で写真に写りたくないけど……昔、四十度熱が出て高橋源一郎兄さんとの対談を延期してもらおうと思ったら、お父さんが『相手が時間をあけてくれてるんだから、数時間くらいがんばって行け』と言ってくれたしなあ。がんばって行こう!」と思って決行した。先方は「延期にしましょう」と言ってくれたけれど、母が亡《な》くなった翌日はちょうどぽっかりなにもなかったのだ。

学生のときにアイザック・バシェヴィス・シンガーを読み込んで「そうか現実を寓話《ぐうわ》にするスタイルを取れば言いたいことが言えるんだ」と勉強したあの時間がなければ、なかったご縁だ。

また父が、言いたい放題言ってはいたけれどどんな人も拒まずにオープンな場を作っていろいろな人に宴会に来てもらっていたことが生かされたとも言える。

そんなことが全部つながった不思議なご縁だった。

私と編集の間宮さんが必死で探して取りに行ってるときには、決して見つからなかったご縁だ。

ただいっしょうけんめい生きていたら降ってきた。

父が「そうかあ、○○では出してもらえないか。でも決して甘くないこのご時世ならしかたありません、あせらずにやりましょう」と淋《さび》しそうに言った笑顔を忘れられなかった私は、今堂々とその笑顔を思い出すことができる。生きているうちに知らせてあげたかったけれど、こればかりはしかたない。

意図が全《すべ》てだ。

自分の底から出てくる正しい意図さえ持てれば、それが潜在意識の中にうまく入れば、必ず現実に現れる。

その副作用のようなものがきついかもしれないが、とにかく実を結ぶ。

だから、力を入れて取りに行かないほうがいい。恋愛も、ダイエットも、仕事も。ただ毎日をけんめいに生きた方が早い。

このタイプのことを書くのはあまり好きではない。

クレーマーと呼ばれることや、日本嫌いと呼ばれることはしかたないと思う。いくら私が志を持って書いていても、意見を異にする人にはただの文句だからだ。

でも、それぞれにとってなにが正しいのか、自分がどうしたいのか、少しでも考えるきっかけになりたいと願うから書く。

あたりさわりがなくて感じがよいものだけの作家だったら、少なくとも私は退屈してしまう。

心を波立たせて、鼻持ちならないと思ってもらっても、それでも考えさせられちゃうことを提示するというのも、私の大事な仕事だと思う。

そして私が書いて残したいのは、昔の日本なのだろうと思う。もちろんいいことばかりでなかった日本の、いい部分。書かないとなかったことになってしまうから。

私の知っているある有名なライブハウスでは、まず「招待客はいちばん最後、チケットを買った人、当日券を買った人が全て入ってからの入場」というルールがある。理由は、チケットを買った人が優先、平等が大事、彼らは無料で入る人だから、というもの。

それをはっちゃんに言ったら「う〜ん、平等の意味をはきちがえているような」と言っていたが、私もいつも首をかしげていた。

私はそこに完全な招待で行ったのは数回で、いつも自分だけ招待あるいは当日券にしてもらって家族の分は自分で買うので、あまり気づかなかった。

でもこのあいだ、たまたま友だちが死んでばたばたしていてチケットをとり損ない完売になってしまったので、ライブをやる側に頼んで招待にしてもらった。

ライブをやる側がすでに年配の人なので、その人たちの招待するご家族なんてもうはっきりいって老人ばかりであった。

その人たちは年齢的にきちんとしているから招待されたら一時間も前に来て、そして入り口でむげに断られるのである。

「申し訳ありませんが、招待の方は最後です」

そして、お年寄りが寒い中、列にも並べずじっと立って一時間待っているのである。その上席がなくなり立ち見になったりしていた。

中には若い人もいて「早く来たのだから、招待でも入れてもらえませんか?」と頼んでいたが、断られて怒って怒鳴り散らして帰っていった。

ライブ前からムードが悪いったらありゃしない。

もし、音楽をやる方の目線、お金を主眼にしないで見た場合、招待客というのは、音楽家にとっていちばん世話になった大切な人であるか、人と人気を呼んでくる存在か、そのどちらかだ。

でも、ライブハウス側には一文にもならない。

だから、音楽家の利益は優先しない、そう判断したのだろう。

今はたいへんな時代だし経営上はわからなくもないが、音楽という文化を扱う立場として大きくずれているなと感じずにはおれない。

まあ、そういうルールで安心できる世代になってるっていうのも、あるんでしょうね。

日本がみんなこうなったら、ほんと、即脱出しようと思う。

これがまたすごいことに、そのライブハウスは席とりも禁止。入り口やチケットに明記されていればただ行かないのだが、特に明記されているわけでもない。幼稚園並みの管理ルールがいっぱいあるみたい。

たとえば私がひとりで早く入って十個席を取っていたら、それは確かに問題だろう。

しかしたったひとつだけ夫のために席を取っていたら、まず咳払《せきばら》いをしながら店の人がやってきて「あの、そこ通路なんで椅子《いす》をずらさないでください、通路にしたいからわざわざあけてあったんですけどね～」と言った。

あ、ごめんなさい。あけておきます、と私は言い、食べ物を注文しようとしたら、「今だと食べ物は全てすごく時間がかかりますけど、それでも注文しますか？」と言われたので、全然かまいません、と笑顔で言った。

そうしたら下の厨房《ちゅうぼう》からすぐさま食べ物がやってきたので、鈍い私はやっと「あ、これは禁止されているであろう席取りをしている私に意地悪くしたかったのか」とわかってきた。

さらに開場時間になったら、その人がまたやってきて、「あの、もう立ち見の方がいるんで、席あけてください」と言った。

彼の言うことを真に受けたら、家族三人でライブに「来てほしい」とミュージシャンに呼ばれたので自腹でチケットを買ってあとの二人は席の確保のために一時間早くきてお店のために飲んだり食べたりしたのに、夫だけ立ち見ということになる。

「申し訳ないですが、ここに来るのは家族で、しかも今あまり体調がよくないので、許してください」と言った。

彼はぶつぶつ言って去っていったが、私は、立ち見の人全員に許可を得てでもこの席を取ろうと決意したほど、腹がたった。

私が席を立つのはなんでもない。だいたいのライブは立ち見でたまに床に座って見てるくらいだから。ただ、お金を払ってチケットを取り、食べ物をちゃんと注文し、きちんと時間より早く来ているのに、たったひとつ席を取っただけでそんな意地悪をされて、ただ言うなりになりたくなかった。

もっと言うと、意地悪をするためにだけ行動している、そしてその意地悪を正義の名のもとに行なっているということが、なんてケチくさいんだろうと思った。

あの人だって、小さい権力を持たなかったら、あそこまで意地悪にならなかったのではないかな、と思う。権力って、ルールって、堂々と正しいとされることって、ほんとうに恐ろしい。

それは、赤ちゃんが目の前でビニールをかぶって遊んでいても、おそうじの人が「私はおそうじしかしないことになっているし、なにかあったら責任取れませんので」とわざと放っておく行為にどこか通じている気がする。

ちなみに介護の現場の方は、医療行為は全くしないけれどもう少し人間的でフレキシブルです。

私は招待されてもしも感動できなかったのにいいことを書かなくちゃいけないのがいやだから、招待でライブにめったに行かない。よほど親しいか、すでに仕事でその人のことを書いている場合だけだ。

だから、チケットを買った一般の人をすいすい通り越して招待客がいい席に入っていったり、業界人が平気で遅刻して来たりするのを見て腹が立ったことも当然ある。

それでも、やはり、自分が好きな人であるところの、招待したいパフォーマー側の気持ちを思うと文句が言えないなと思ってきた。

私も次回やむなくそのライブハウスに行くときは、やっぱり自分でチケットを買って、ふつうに並んで、ふつうにお店の人とはにこやかに過ごす。そのいやな人がいてもふつうに接して、それでもいやなことをしたら、あなたが嫌いですと言ってけんかする。もし夫や子どもの席をひとつだけ取って怒られたら、また同じように立ち見の人たちに了解を得るまでひとりひとりに交渉してみようと思う。

だれが正しいとかそういう話をしたいのではなくって、単に「ロックとはなんぞや、音楽とはなんぞや」「世の中こんなふうになったら、私は個人的にはいやだなあ」ということについて、思うところを書きました。

「招待客は基本最後だけど、お年寄りや演奏者の両親だったら、目をつぶろう。足が不自由な人や赤ちゃん連れだったら、入れてあげよう。席をとっている人の数よりもうんと少ない数の席とりでしかも子連れならまあいいだろう。飲み物と食べ物を頼んでくれたから、どういう状況かちゃんと話をしてみよう。ここはお金を稼がなくちゃいけない施設だけれど、音楽家のためにせめてできることはしてあげよう」

限りある人生の時間、そういう判断をできる人と、私は過ごしたいし、そうする。そんなふうに状況を見て判断する能力って、人間の持つ最も大切な能力だと思うから。


私だって実業家のはしくれだし、セルフ・プロデュースもしなくちゃいけないし

（アドバイス　腰に悪いし親が糖尿なんだから少し痩《や》せなさい！）、家族も養わなくちゃだし、死ぬまでに行きたい場所やしたいこともあるし、きれいごとばっかりじゃない。

でも、この日記の少し強い文体に比べたら、本人はとても素朴な小さい人間だと思う。

お調子者でてきとうでなまけもので食いしん坊で、涙もろくて江戸っ子で、家族と愛がいちばんだいじで、色ごとと賭《か》けごとにはほとんど興味がなくて、人間同士の様々なからみからくるもめごとの意義があまり理解できない。

そんなだからこそ、書けるものや見えるものがあると思う。

台湾のイベントに行って、たくさんの若い読者に会った。

この十年、担当者の引退により、台湾のイベントにはあまり参加しなかった。でも今回は事務所に語学堪能《たんのう》で優秀なサポーターがいるし、親も友だちももう死んじゃって人前に出る予定の決まった仕事が入れられなかった時代は終わってしまったし、台湾から呼びに来てくれた担当者もいるし、たまには行かなくちゃと思って、決行してみた。

その間に、私の本がちゃんと根づいていて、読者も育っていたことにびっくりした。みんないっしょうけんめいで、かわいくて、生きることをただそのまま受け入れられなくて、あるいはいろいろなできごとがあって私の本をお守りみたいにして、生きてきてくれた。

昔は、斜にかまえていたところがあった。

そんな、いい人の役割を、ヒーラーの仕事を、まっすぐにばかみたいに受け入れられないよ、と。

でももう五十近くなると、斜にかまえるエネルギーがもったいない。

イ・スンギはイ・スンギ。井上雄彦《いのうえたけひこ》は井上雄彦。まじめでまっすぐで健全でよい人で、スリルはないかもしれないけれど、まじめすぎて時に体調を崩したりしながらも、地道に命のすごさを、人間のよさを訴えていく。

そりゃあ、そうでないもののかっこよさがうらやましいこともある。いいなあ、BIGBANG。いいなあ、江口寿史《ひさし》（別にスンギさんや井上さんがそう思ってるわけではなく、イメージ上の例えですからね）。技術もあってその上ちょっとワルいかっこよさがあってさ。でも、その人はその人としてしか咲けないからしかたない。

自分ももうそのようでいいや、といっそう思うようになった。

たくさんの、道に迷いそうな若い人たち。理想や愛に破れた人たち。ほんとうにひとりぼっちの気持ちになって、家族のありがたみさえ忘れそうな、普通の人たち。特別な環境になく、恐ろしい体験もしてこなかったかもしれないけれど、全《すべ》てを精一杯に感じて受け止めて傷ついてきた人たち。

そんな人たちに、私の作品は寄り添えるといい。

実際の私がその人たちの家に行っても、うるさいし、わがままだし、寝てばかりだし、よく食べるし、めんどうなことを相談されるとすぐ断るし、ほとんどQちゃんが来たくらいいじゃまだと思うけれど、私の本は別だ。

その人の枕元《まくらもと》に、かばんの中に、心の中に、地獄の底に、いっしょについていける。

それがこのお仕事の幸せだなあと、国境を越えて「こんなとき読んで救われた」「恋人と別れたとき読んで生き延びた」「身内が死んだとき読んでやっと泣けた」と泣きながら伝えてくれる台湾の読者たちに接してしみじみ思った。

しかしさすがはのどかな台湾、サイン会も最後のほうになったらだんだん強者《つわもの》が出てきて、海賊版持ってきたり、ひとり十冊持ってきたり、他社の本だったりして、とても強く私を守ってくれていた係のお姉さんがいちいち「こら！　海賊版はだめ！」「一冊にして！」「他の出版社の本はだめ！」と突っ込んでいてひたすらおかしかった。

台湾の食事についてのイベントがあって、料理研究家でおしゃれなお店もやっているイーランさんと舞台で話していたら、質疑応答の時間に、信じられないくらいおいしいものがいっぱいある「阿正厨坊」のシェフのおとなりにいらした私よりも少し歳《とし》が上の女性が、

「よしもとさんの『キッチン』を二十回以上読んで、いつも心励まされてきた。会えてそれを伝えられる機会が来て、嬉《うれ》しい」

と泣き出した。

私もとても嬉しかったけれど、なによりも、その人があまりにも私の母の若いこ

ろに似ていたので、びっくりした。

晩年の母ではなく、私が小さかったころの母。母は母の亡《な》くなったお兄さんにそっくりで、その女性は母の兄にももちろんよく似ていた。

同じ口の形、同じ目元、同じ笑顔。まだ母が歩けていた時代のことが生々しくよみがえってきて、私はその人を見るだけで実は質問の前から半泣きだった。

姿を見ないと思い出せないことってある。

そうだ、母はこうだった、ちゃんと歩いて、意見を言って、泣いて、笑っていた。こんなふうに。ずっと寝たきりじゃなかったし、行きたいところに出かけていたんだ。

そう思ったら、母がその人になってちょっとだけ訪ねて来てくれたような錯覚を覚えた。

母が気持ちをその人に託してくれたみたいな、温かい錯覚を。

2月
February

2月

子どもが誕生月でカニを食べたいっていうので、カニばかり食べていた。

カニバリズム……

とか言ってる場合ではなくって、いろんなカニを食べた。

カニを食べながら、子育てしてきたこの十年について考えた。


ところで私は昔うぶだった頃カニ屋に「自分は明日首をつって死ななくてはいけない」とだまされて数千万円奪われたことがあるので、カニには思い入れがある。

ちなみにそのカニ屋で食べたカニが生涯でいちばんうまいカニだったと亡《な》き父が言っていたので「数千万円のカニ」として我が家では伝説となっていた。

しかもそのときの噂《うわさ》の真相に「数千万貸せるなんてよしもとばななには余裕がある」って書いてあったけど、余裕があったんじゃなくて、泣き落とされたのだ。カ二屋を担保に貸してくれと言っていたが、ふたをあけたらカニ屋は賃貸で担保も何もありゃしなくて、金を貸す前にもっと調べろよ、俺、と今の私は昔の私に思う。その人は自分の税理士だったんだから、全資産を知っていて借金を申し込んできたわけで、もうこだわりはないけど、なんちゅうかせこいことしよるな、プロじゃないよなあ、と今でも思う。

当時すでに年老いていた彼はもうこの世にいないのだろうか。借金を抱えたまま逃げたな、という気持ちをどこかに残したままで老後をまだ送っているのだろうか？

まだちょっと憎たらしいけど、後味が悪そうで気の毒である。

私は自分のために「もう返さなくていい、忘れてくれ」と彼に手紙を書いたが、そうは言ってもきっと彼の心の中の罪は消えない。数千万よりも重いことだ。

私は数千万を軽く見ているのではない。実際、今もしあのお金があったら、これができる、あれができると思うときだって人間だから当然ある。軽く見ていないからこそ、死ぬときに「自分はだれかをだましたことがあって、それが解消されていないままだ」という気持ちはそのくらいひどく重いものだと思うのだ。

うちの父のように清々《すがすが》しくは死ねないだろうと思うと、やはり気の毒である。だから私はもう人に絶対金を貸さない。借りようと思っている人がいたら、あきらめてほしい（もはやいないか！）。

私が金を貸したおかげで、彼が清々しく死ねなくなった。この重みはだいじにしようと思う。相手を思うなら、確実に返せる状況の人にしか貸さないほうがいい。それから金を人に借りるなら、返すことだけのために生きる覚悟が必要だ。それはそれは厳しい覚悟で生きた心地はしないけど、無になってがんばって返したときの達成感と言ったら、もう飛び上がりたいような気分だ。

なによりも自分にすごい自信がつく。

好きなことをしたい、いやなことはしたくない、なんて言っていると、好きなことの幅がどんどんどんどん狭くなってくる仕組みが人生にはある。

けっぱれよ〜というふうにできているのが人間だと思う。

いやなことをただいやいやしている状態というのと、いやなことのなかになんとか一個でも面白みを見つける状態は明らかに違う。前者は停滞であり、後者は活動である。

活動していないと人間は死んでしまう。心臓が活動しているから今生きているわけで、活動は人間の原則だ。

だから活動によって引き延ばせる限界を延ばすことが、人生の喜びなのだ。

私の読者の方には電車に乗れないという人がいっぱいいる。

私だってそういうときがあったから、よくわかる。ちっともおかしいと思わない。当たりまえだと思う。人間は本来知らない人とごっちゃになってA点からB点まで輸送されるようにできてないのだ。牛じゃないんだから。いや、牛だってほんとうはそうなんだ。で、そのことをどこかで知っているからこそ、みな自分をごまかして目をつぶってなんとか乗っているわけで、そのことにうすら気づいてしまって融通がきかなくなってしまうのは当たり前だと思うのだ。

一駅でもうぐるぐるのゲロゲロに、よくなったものだ。しかし、先を見たい、という気持ちだけが一駅を延ばす。いつしか急になんでもなくなる日が来る。

まあ、別に延びなくてもいいのだ。

ただ、あの場所に行きたい、だから限界を延ばしたい、という方向に気持ちを持っていけるように、いつかはなると。あるいは電車なんて知らん、歩いてやると。

稼いでタクシーに乗ったる、あるいは自転車ならどう？　と工夫してみると。あるいはひとりでなければ行けるから、だれかについてきてもらう、とかね。解決を考える生き生きとした心、それこそが重要なのだ。

そうやって延ばした一駅は、世界一周くらいの価値があるような気がする。


この十年の間に親を失うんだろうなっていうことは、子どもが産まれたときからわかっていたから、会わせるときは常に一生懸命だったような気がする。さあ、味わって、この時間を！　みたいな。

でも、今になって「どうしてもっとときとうにふんわりできなかったかな〜？」と少し後悔している。

そのときはそのときで必死だった自分を責めたりはしない。

でも、一瞬一瞬を味わおうとすることは、しがみつくってことで、よく桜井会長がおっしゃっているように、しがみついちゃだめなんだ、とほんとうに今ならわかる気がする。

力を抜いてふんわりしているからこそ、いろんなもの（運とか奇跡とか）が入ってくることができるんだ、と思う。

一瞬と一瞬の間には、異様に大きな隙間《すきま》がある。

力を抜いているとそれがたまに見えることがある。

あの、交通事故や高いところから落ちるときに全部がゆっくり見える感覚、あれがいちばん近いけれど、危機的じゃない状況で見るそれは、もう、ほんとうに広大すぎてびっくりするくらいの空間がある。

これがいつも見えていたら、取り放題のやり放題だな、と私は思うけれど、欲があるとさっとその空間は消えてしまうのだ。

そこで大きな鍵《かぎ》となるのが、身体《からだ》である。

おなかの下、いわゆる丹田のあたりに太陽みたいなものがあってぽかぽかしている、その感覚があるときが、瞬間と瞬間の隙間を見ることができる絶対条件だ。

武道の人がよくこういうことを言ってるけれど、文学からアプローチしても、ヨガでも、大富豪でも、麻雀《マージャン》でも、学問でも、どの道を通っても人間はみなここにたどり着く。

すっごくすてきなことだと思う（異様に軽いオチだな）！


私がこの半年、はげそうになりながら字数を重ねてきた長編のタイトルは「サーカスナイト」だった。

リードの部分にはもちろん七尾《ななお》旅人《たびと》さんの詞が載っている。

許可を取るにもまあ近所の人だし、ほとんどの友人知人が彼の友だちだし、とたかをくくっていたら、ぎりぎりになって意外に連絡が取れず、Twitter なども駆使して七尾さんとやっと連絡が取れた。

快く許してくださったので、枕《まくら》を高くして眠れる！

いつもの話が長くなっただけの小説なんだけれど、楽しみにしていてくださいね！

その快く許してくれ方の感じのよさといったら、もう、信じられないくらいだった。

さらにライブに今夜来ませんか、と招待してくださったので急きょ走っていった。

彼のライブはいつも、歌というものがそもそもなんであるかというのを人間に思い出させるような迫力に満ちている。恋する人を想《おも》うときに突然出現するあの強大なエネルギーを声と歌詞に載せてリアルタイムでぶつけることのできる彼。今の時代に起きていることを確実に音楽に変えて、心を波立たせる彼。震災にしみじみと本気で寄り添ってきた彼。

ライブ歴がむちゃくちゃ長くとにかく回数が多く場数を踏んでいるので、ライブが分厚い。

今日はめったに聴けない彼の歌が聴ける！　という要素で人を呼んでいるのではない。ライブ数が多いから、そういうチラ見せ営業を一切ぬきで、ただただ歌い続けている。

吟遊詩人ってきっとこういうものだったんだろうな、と思う。

人生にこの夜は一回しかない、だから生きるということを味わってほしい、それを伝えるために、全《すべ》ての創作家はわりの合わないむちゃくちゃな力技を使って、創作しているのだ。

ゲームをしていて会場を追い出されたうちのチビは偶然に飴屋《あめや》家のおじょうさんにめぐりあって楽しく遊びながらライブを観《み》たし、たまたま勝俣《かつまた》くんと早希《さき》ちゃんも来ていたし、後から夫もかけつけて来たし、国東《くにさき》でちゃんとあいさつせずに別れた飴屋さんをしっかりハグして、奥さんのコロちゃんの美人ぶりを胸キュンで眺めることもできたし、飴屋家のおじょうさんが失《な》くしちゃった芋虫のぬいぐるみをみんなで探して、結局うちのチビが見つけて、芋虫のパパとママになろうってプロポーズされて、みんながそれににこにこして、仲良くラーメンを食べて、いっしょに電車に乗って帰った……その全部偶然の、待ち合わせしてても会えないような人たちが一堂にかいしたあの温かい夜の流れは、七尾さんの音楽が守ってくれていたからありえたんだな、としみじみ思う。

音楽の力、絵の力、小説の力、陶芸、建築……その他たくさんの、全てのジャンルで、それから各自が生活スタイルで表現する様々な奇跡の力……アートの力は、そういうものだ。

というか、それが、アートだ。

エキセントリックな生き方のことでもなければ、名刺に「アーティスト」と書くことでもなく、おお売れして世界ツアーをすることでもない。

無条件で人に力を与える。この世のほんとうの仕組みをかいま見せて、悩みを消す。愛の力をそのまま込めて、勢いで気持ちを切り替えさせる。自分個人の何倍もの力で人々の生活をはげます……ことができる。

みんな生活の中ではきゅうきゅうして、現実に打ちのめされ、苦しみ、嘆いている。しかし、はげまされたらこの世の大きさや宇宙や命の力を思い出してがんばれる。

そしてはげまされた人々は、それぞれの現場でその力を愛する人々に分ける。

そんな魔法こそが創作というものだということを、思い出すべき時代になってきたみたいだ。

3月
March

3月

お父さんがいなくなった（もちろんお母さんもだけど、そっちはまだ半年だから）悪夢のような一年が終わった。

今ぐらいがいちばんしみじみ落ち込むものですね……だってほんとうにもう会えないんだもの、一年も親に会わないなんて人生はじめてね！　まだまだびっくりしちゃう！

よく大人が言っていたけれど、大人になっても小さい頃の自分はその中に全然変わらずに住んでいるから、大人になったからなにかが変わるわけではないっていうのはほんとうみたいだ。

それを出すか出さないか、隠すか発酵させるか、そんなようなことが違うだけなんですね。

……というのはともかく、自分がどうやって三月を乗り切ったのかわからないくらい、忙しかった。

忙しいという字は心を亡《な》くすを意味するというのはほんとうです！　いつ寝てるのかわからない毎日なので、足元にいる犬や猫にも愛を注げない、そのくらいヨレヨレ。意味なく転んだりうまくしゃべれない、そのくらいボロボロ。でも、ちゃんと回復のために時間をとれば、別にお金をかけなくたって体は応《こた》えてくれる。体ってすごい。自然ってものすごい。

その畏怖《いふ》の感覚があれば、たいていのことはこわくない。

私たちが右往左往したり、泣いたり、欲にまみれてもめたり、社会が改善されなくていらいらと悔しい思いをしているあいだに、微生物たちは今もものすごい勢いで様々なものを分解して自然に返そうとしている。

なにも言わずに大人として誠実に働いている人たちがいっぱいいる。

そういう可能性を思うだけで頭が下がる思いがする。

人間は自然から生まれてきた。キャッチコピーみたいにあたりまえに言われるけれど、ほんとうのことだ。みんなお母さんのおなかの海で十ヶ月育って、大事に抱っこされたことがある仲間なのだ。

人間って多少のでこぼこがあっても大きな目で見たらいっしょだし。

自然の前には、あなたや私の主張そして一生なんて、時間さえかけたら簡単に分解できてしまう小さなものだ。ほんと、だれもかれも大して変わらない。分解できないものがあっても、永遠には残らない。

だから今日も人として少しでもよくなっていきたい。

よくなるっていうのは、優等生になることじゃない。

流れに反することを一個でもしない、そういう感じのこと。


「アムリタ」以来の四百五十枚を、この家事炸裂《さくれつ》、金策駆け回り爆発の生活の中で書き上げた。

中短編専門の私なのでできはそんなによくないけれど、試みとしては十年に一回くらいやるべきことなので成し遂げて自信がついた。

成し遂げるっていうのは、何回も言うけどどば～ん！　ばしっ！　よっしゃ！

みたいなものではなくって、這《は》うようなじりじりしたきついものだ。でも、振り向いたらちゃんとやったことが形になっている。

頭で考えたらとても太刀打ちできない。

こんなにやってこれっぽっちの結果？　ともし頭で考えたら思うだろうと思う。

頭で考えなければ、ぞっとするほどのことをいつのまにか成している。

今月はその上、契約関係が内容よりもたいへんだったふたつの仕事、ヨーロッパ映画の脚本のアドヴァイザーの仕事と、スンギさんの小説の仕事があったので、頭の中がアジアだかヨーロッパだかもうしっちゃかめっちゃか。重なりすぎて大混乱。

でも、こういうときにこそ心の筋肉がつくのです。

今年はもう、あとはじっくりやっていくシフトに切り替えてこつこつ行こうと思う。

前回も書きましたが七尾旅人さんの曲をタイトルとリード部分に使ったので、許可を得にいったら、今夜来ませんかってライブに呼んでくれた。これまで何回か生で聴いたけれど、いっそううまくなっていて、彼の歌はほんとうにすごい。歌の持つ力にただただ圧倒される。

そして人間がほんとうは楽器だっていうことを思い出す。生きてる楽器は今日しか奏《かな》でられない音を奏でる。そのことをいつもいつも簡単に忘れてしまうけど、彼みたいな人が思い出させてくれる。

七尾さん、その偉大な才能よ、ありがとう。


白髪が毎日出るくらい頭を使っていると脳は「今すぐに米を食わせろ」と言ってくる。糖質制限が流行《はや》っている昨今、真逆の世界に今私は移行中だ。毎日だいたい雑穀米とちょっとしたおかず、具が二種類以上のお味噌汁《みそしる》。まさに若杉さんというすてきなおばあちゃんが言ってるみたいな食事が多い。あのおばあちゃんの反米精神のパンクさにいつもほれぼれする私……。

私の中年期、食に関するこだわりはたった一点「いろんなものをちょっとずつまんべんなく食べる」。この中にはカップヌードルとか変な色の飴《あめ》とかも含まれている。そして外食はほんとうに自由に楽しく食べて、家では地味めし。

こんな感じでいいんじゃないかな。それ以上がんばるときは、病気のときや、バランスがおかしいとき。そうなったら、ほんとうに食養をやってみる価値はあると思う。ただ、健康なときの人間はかなりキャパシティが広いから、無理ない範囲でまんべんなく食べるというのが潜在的な力を鍛えるためにもやっぱりベストだと思う。臨機応変がいちばんだ。

綿矢《わたや》りささんと対談。

かわい〜い人だったけど、頭の中は私と全く同じ「ザ・オタク」。十分以上しゃべると、モテるかわいい人の要素がどんどん減っていく〜。でも、きっと、相手が男の人なら、十年くらいはだましだましいけるはず（はげましているのよ）！

ふたりでゾンビの話が止まらなくなって、編集の方々にはご迷惑をおかけしました……。

まじめな話、作家ってみんな同じ種類の生き物だ。

見た目や話しているその人以外のもうひとりのその人がいて、その人と同時にいろいろ味わってる。

ジョジョで言うと（この比喩《ひゆ》がすでに大オタク！）ちょうど「作家」というスタンドをみんなが連れて歩いてる感じ。

私には作家別にそのスタンドの姿さえはっきり見える。

私のスタンドとりささんのスタンドは、本体たち（もちろん仲よしですけど）よりずっと仲むつまじいと思う。

私のように変な視点からものを見ない人たちから見ると、作家というものの持っている独特なダブルの気配は、得体の知れない深みに見える。だからスタンドを育てすぎるとやがて川端先生や夏目先生みたいな立派な妖怪《ようかい》（もちろんほめていますす）になっていくのじゃよ。

私もちょっとかわいい妖怪になっていけたらいいなと思います。

変な視点からと言えば、アレハンドロ・ホドロフスキーの自伝がやっと邦訳され、変な人生を送っている私からしたら「なにこれ、全く同じ！　仲間だ！」としか思えなかった。ほんものの変人＆珍本なのでおすすめはしないけれど、みなさんに元気をあげる作品を書くために私の養分になっているのは彼のような奇人の先人だ。

私は自分の奇人を炸裂させるものも今後は媒体を選んで書いていくだろうけれど、やっぱり普通の毎日を送っている人たちに奇人にしか持てない変な元気を間接的にあげたい。翻訳して、わかりやすくして、この世の秘密のパワーをみんなに届けよう。ひとりでも多くの人が心の自由を取り戻すために、小さく戦っていきたい。

初めに海に石を投げていたらイワシが大量に打ち上げられた場面、現実と幻想が混じっていると評論していた人がいたけれど、あれは現実にあったことだと思う。宮本輝先生の小説の有名な蟹《かに》のシーンくらい現実。

私も何回か同じような体験をして「ど〜しよ〜」と思ったから、間違いない。

ああいうことって、あんまりみんな信じてくれないけど、ほんとうに起きちゃうし、そこが世界の裏側に通じる扉なのでしかたない。一回開けたら、もう元の目ではものを見られない。

全部が非情なまでの因果応報の絶対的な計算で満ちていて、ほんとうにびっくりする。

それを翻訳してわかりやすく書くのが、私の人生の仕事です。

ハワイに久しぶりに行った。もともと時差ぼけな毎日なので、どこが時差ぼけでどこが眠いだけなのかわからなかったままで数時間のトレッキングにも行った。引きこもり執筆生活での体力の衰えを痛感しながらも、緑の濃い中をひたすら足を動かすのは楽しかった。

ワイキキはますます混沌《こんとん》としていて、ホームレスがほんとうに増えた。ワイキキのホームレスは他のどの国よりも色とりどりな備品を持っているのが悲しい特徴です。

学生であるちほちゃんと愛犬モアナちゃんとずっといっしょに過ごしたので、学生で活気づくチャイナタウンなど、普段なかなか行けない犬連れオッケーのすてきな場所にたくさん行けた。アジアの文化の誇るべき点と、大きなアメリカからちょっとはずれちゃったアートな人たちがそっと文化を育てていてとてもよかった。どんなに薄まっていてもやっぱりハワイに吹いている甘い風と静かな雨は変わらない。

どこにいても自然がこっちを見ているみたいな優しい気配。

だらだらと朝は寝てばかりいたけれど、それもよかったと思う。

静かな雨、ちょっとしたカフェの軒先に集う人々、雨上がりの光。

そんな全《すべ》てが昔の日本みたいで懐《なつ》かしくて胸がいっぱいになった。

日本からいっしょに行った、ふだんなかなかいっしょにゆっくり過ごせない友だちと子どもとおしゃべりしながらのんきに歩いていたら、今がいつで、私たちがどうやって知り合ったのか（子どもも含め）忘れてしまいそうになった。別になにをするでもなくいっしょにいられれば楽しいんだ、と思った。

きっとおばあちゃんになってもこんな気持ちになることはあるんだろうなと思うと、すごくのどかな幸せを感じる。きっと犬や猫もいつもこんな気持ち、感じているんだろうな。

スンギさんの小説の仕事、私は彼が出る映画の原作がやりたいというのがほんとうの夢なので、今回は依頼されて突然にやることになったとてもイレギュラーな種類のものだった。

くわしいことはあまり書けないけれど、とにかく、スンギさんの会社の社長がすばらしすぎた。女心に女がほれたって感じで、彼女の会社に属したいくらい（残念ながら部署がない！）。あの人が見てきたたいへんなもの、乗り越えてきたピンチの数々を思うと、ほんとうに抱きしめてオイオイ泣きたいくらい感動した。そしてやっぱり思った。

「この人、知ってる人だ、会ったことないはずがない」

もし前世があるなら、私たちはいっしょにいたことが必ずあるだろうと思った。同じ軍隊の戦士とか、そういう感じで。

彼を通じて私が見ていたものは、あの社長の魂だったのかもしれない。

私が好きなのは「イ・スンギ」という巨大なプロジェクトそして唯一無二《ゆいいつむに》の彼の歌声なんだな、と思った。彼個人ではない。でも、もちろん彼の姿でしかそれは実現できない。そこがすばらしい。あんなに若いのによく全てを受け入れて咀嚼《そしゃく》したと思う。すごい根性だ。きっと世の中にとってもすごく大きなプロジェクトなんだろう。

私はそのプロジェクトの方向性だけを描いて、この仕事からすっと去ろうと思う。でも、あまりにも内容が深すぎて社長にもスンギさんにも「僕をどこで見てたの、コワい！」「似すぎててほんとうにスンギが書いたと思われるからフィクションだってちゃんと伝えて」と引かれさえしました（涙）。

でも、ほんとうに、それが作家というもの。魂にひそんでいるその人の声にならない声を代わりに発する仕事。

an・an は女子の雑誌だから女子向けに少し高邁《こうまい》にそしてかっこよく描いたけれど、私が彼らから受けとったメッセージはやっぱり素直でまっすぐで強いものだった。

こんな大きな仕事をすることになって、私はあのとき抱いた「う～ん、この人知ってるなあ、いつか必ずいっしょに仕事するんだろうな」という変えられない直感がほんとうだということを確信した。

これが次にどういう時期にどう出るのか、とても楽しみ。

これから混沌としていく社会の中、アジアの結束、各国の大切な文化の保存、モラルと自由の概念を伝えていく……そんな大きな夢の一部に、私も彼も組み込まれている。なにか大きなものの意志によって。

ひとりでも多くの人が、スンギさんを通じて「健康な人生」の凄味《すごみ》と奥深さを知ってほしいなと思う。

「真実は必ず通じる」スンギさんの会社の社長はきっぱりと、きれいな目で私をまっすぐに見てそう言った。

私もためらわずにその道を行こうと思う。力まずに、鼻歌まじりで。

復興がテーマだったので、久しぶりに講演会的なものをやった。

イベント会社の人たちの一生懸命さに胸打たれながら、来てくださったみなさんのにこにこしたかわいい顔を見ながら、たまにはこういうことしないとなあ、としみじみ思いつつ、やっぱり終了後に本を売りながらサイン会っていうのがあまりにもわかりやすすぎて恥ずかしいなあと思ってしまう。

でも、主催する側にも会場を借りる費用の都合などあるわけだし、そこは協力してあげなくっちゃしかたない。

私は、自分がライブに行ったときもいつもそうだけれど、帰りにみんなでライブのことを話しながらご飯食べたりお茶するのも大好き。

帰りにみんなが近隣のカフェでお茶したりご飯食べながら今日のことをしゃべっているのを見たら、すごく幸せになって、疲れたけどやってよかった、と思った。

よくここまで来れたね、という調子の悪そうな人もたくさんいた。

来てくれてほんとうにありがとう。

で、いっぺんに会ったからこそ、三十代の人たち全般にあるひとつの傾向をとらえた。

今三十代の人たちは、表向きとてもいい人たちだし、礼儀正しく、優しい。でも決定的に洗脳されている点はやはり「ひとりでいても完璧《かんぺき》で穏やかで優しくあるように絶対それを目指さなくちゃいけない」というところだろう。時代の風潮なのか、教育がそうだった時期なのか、わからない。ただ、その優しさがなにかあって崩れなくてはいけないようなとき、自分を責めて真逆にふれてしまう可能性がある。そうしたらもうめちゃくちゃくちゃにもろいし、とりかえしのつかないことをしてしまう可能性もある。

彼らの秩序ある世界でしか通用しない優しさはもしもほんものの悪（存在します）が勢いよくやってきたら、たちうちできないタイプの優しさなんだと思う。みなさん理屈ではわかっていて「悪ってありますよね、だから自分はこうありたい」と言うんだけれど、そういうものって理屈ではなく空気ごと違うから、ほんとうにたちうちできないと思う。でも、理屈と正論でたちうちできるんだというふうに洗脳されてしまっているから、気の毒だ。ほんものの悪の姿、私だって見たらすぐUターンする。ライオンを見つけたカモシカくらいの速さで。

本能がいちばん大事で、体が逃げたら逃げていいのだってことを、無視するように教育されてしまっている……。

たいていの若いみなさんが「体が逃げるから逃げていいんですよね?」って言ってくるときの「体」は「頭」だ。みんな体の反応を抑えすぎて、体の発言を聞けない状態になってしまっている。

これから少しずつ耳を傾けていっても、取り戻すにはかなりの時間がかかる。

もちろん私だってまだそんな大きな健康さ優しさには到達してないからこそ、単に世代が違うし見てきたものも違うからこそこんなことが言えるのだ。

もうひとつのよく見えるパターンは、巨大なこわいものに触れるくらいなら、こわいからもう絶対自分の世界から出ません、平和でないものには接しません、という人たち。そういうふうに棲《す》み分《わ》けがいっそう強固になっているから、自由な空間が足りずに息が詰まっているわけだ。

なにか人生の重みに関わる重大なピンチが訪れると彼ら彼女らは全員こぞって、いっそうストイックになったり、無理な完璧さを自分に課しはじめる。そうすればだれかが助けに来てくれるだろうというふうに。でも助けは来ない。自分しか自分を助けられない。だからこそ、それじゃ体も心もまいってしまう。

フレキシブルにとよく桜井会長はおっしゃるが、まさにそれが必要なんだと思う。

でもこれも国家などが望んだ形なんだろうなあと思うと、まあその中にいるほうが無難ではあるからね、とも思う。私は作家だから冒険して話を持ち帰りますけどね。

ただ、自分の一個しかない体と心はだいじにしてほしい。

握手すると、冷たくて固い手の人がほんとうに多かった。

やっぱり日本人にはあの大きな肝臓や腎臓《じんぞう》を持ち体に熱を作りやすい欧米の方々と同じ服装はむりなんだと思う。高温多湿だし。

初めは外から温めたり冷えないようにしてもいいから、だんだんでいい、内側がぽかぽかしている快適さに目覚めてほしい。ストイックにではなくて（ストイックにやると体は硬直するから）、食べ物に気をつけて、冷えにも気をつけて、便秘もしないで、とにかくぽかぽかして気分がいいし、なんだかわからないけど明日が楽しみ、そんな「快適」というものを第一目的にしてほしいなっておばちゃんは思った。

4月
April

4月

言葉がわからないなりに毎週楽しみでしかたないスンギくんの新ドラマ「九家《クガ》の書」。

早く日本でも放映されないかな〜。

三話目までまだぎこちなかったのに、四話目でいきなりスンギくんにチェ・ガンチが丸ごと乗り移ってきてびっくりした。

才能っていったいなんだろう。

彼はなんでふだんはあんなにぼんやりさんなのに、役が乗り移ったり歌が乗り移ると急に異次元レベルでピシッとなるんだろう？

役者さんってやっぱりすごい。

……っていうか、どうして本来普通の人なはずのああいう人が、やってきた縁やその流れをつきつめているうちにいきなりああなるのか、その仕組みがすごい。

いつ天からあのすごい力が与えられたんだろう？　あるいは彼の中にもともとあったものがどうやって外にでて来たんだろう？　だとしたら、だれもがいちばん向いていることを自分の中から発掘するには、それを無心で育てるにはどうしたらいいんだろう？　才能っていったいなんなんだろう？　宇宙の謎《なぞ》としか言いようがない。an・an ではそのへんを探求してわかりやすく書いてみたいと思うし、自分に関しても、周囲の人に関しても、小説でも、このテーマを追いかけてみたい。

たとえば日本の田舎のある村を、峰不二子がベンツのオープンカーに乗って通り過ぎる。

実際に起きたことはそれだけのこと。

でも、いつのまにか彼女がどこに住んでるだとか、男にお金を貢《みつ》がせているとか、男のうちだれがあの車を買っただとか、駐車場はだれの敷地だとか、そんなことをするなんて見た目はともかく心が貧しいだとか、あんな様子じゃちゃんと結婚できないとか、そんな人間の子どもはいるとしてもきっとろくなふうにならないとか、悪い商売をしているに違いない（ふ〜じこちゃんは泥棒の仲間だからそれは合ってるのかな　笑）、とかいう話をする人がいる。

まず、その情報量に驚いて、だれもが「そこまで詳しいなんて、もしかしたら好きなんじゃ？」と思う。

そう、きっと好きなんだろう。好きこそねたみのはじまり。好きをなにに育てるかがその人間の甲斐性《かいしょう》。

わかっているのに、すべて推測にすぎないことを言ってみてとりあえず溜飲《りゅういん》を下げるというのは、日本人の性《さが》なのか、人類そのものの性なのか。

他人の悪口を言ってるときの「こうだからこうなるんだよ」の「こう」の部分を満たせる完璧《かんぺき》人格は果たしてこの世にいるんだろうか？

まして峰不二子みたいにセクシー女性の代表ともなれば、その才能を発揮するために性格の凸凹がないと面白くないじゃないか。

……っていうかそもそも興味がないから、そのあたりのことは全然わからない。

このタイプのことに興味のない幸せ感、どんなに体が軽くて快適か言い尽くせないほどなのだ。

目の前の人がそういうことを話しだしても「聞きたくない」ですむし、目の前に差し出されても「見ない」ですむから、この世にないのとほとんどいっしょだと思う。

選択の自由があるのだから、私は自分では「じぇじぇじぇ！　めんこいな！　いいもん見た、なんていってもほんものの峰不二子だっぺ！」という態度でいたいなと思う。

心の中で「峰不二子はどうやってあの見た目にそぐう人生になったのか」を果てしなく探求するとは思うけれど、そこにひがみやねたみは混入しない。いいなあの乳、あんなだったらどんな人生になるんだろ？　くらいは思うけど、それ以上は考えない。ねたみが入ると思考がずれて、真実から遠のいてしまいそうだから。

興味がないです、を貫いてねばってやるべきことをやっていたら、いつしか雑音は、どんなに大きくても聞こえなくなる。ひまだから聞いてしまうのであって、忙しければそれどころではない。

人間にはいろいろな制限があるけれど、そのくらいの自由はあると思う。

いやだなあと思う地点にシンプルに行かなかったり見ないでいい自由。まわりにそういう人のいない清々《すがすが》しさを楽しむ自由。その清々しい気持ちこそが、世の中を一歩一歩変えていける鍵《かぎ》だと思う。上のほうの人がなにを望んでいるのかを考えると、底辺で足を引っ張り合ってくれたら上のほうに批判がいかないことに関していちばん効率がいいので、足を引っ張り合うことはその人たちの思うつぼとも言える。

人の言うことを聞かないなんて非常識だとか、自分がよければいいのかとか、そんなに楽しそうなんてこんな不幸な自分をばかにしているのか、いやいや自分はこれほどの目にあったから考えないなんてむりだとか、そんなことばっかり言って時間を食っていると死ぬときにたいへんな気持ちになるだろうなあ、と思うから、想像するだけで背筋がぞぞっとしちゃって、意識がシャットアウトしてしまう。

体が寄っていかないから、そういう沼にはやっぱりいつのまにか行けなくなってる。匂《にお》いがしただけで方向転換してしまう。

日本はアートに携わる人々に対する尊敬が絶対的に足りないからパトロンも少ないし、足を引っ張り合って時間を食われるから、芸能も芸術もすばらしい才能のある人はやがてみんな国外に流出してしまうだろうと思う。

残った荒れ野で、沼の人たちはなんのために生きるのか。なんと空《むな》しいヴィジョンだろう。なんてかわいそうな人生だろう。そして不況でみんな不安な今の状態だと、ストレスを手軽に発散できる暗いおしゃべりに引っかかって、たやすくだれもがかわいそうな人生に足を突っ込んでしまう可能性がある。

私も幸い海外で仕事を得ているから、日本にいられるのも多分あとわずかなんじゃないかと思う。外側から日本を応援することになる日もそう遠くなさそうだ。悲しいけれどそんな感じがする。まあ、下北村近辺はウクレレの先生もタイ料理の師匠も色っぽいそば屋さんもかわいい妊婦のイラストレーターさんもカレー一筋一家もなんでもできる本屋さんもイケメンな植木屋さんもいくつになってもセクシーなバーのママも……その他大勢すてきな人たちがいてわりと平和なので、いられるだけこの村を楽しんでいこう。

ここでぼやいたかいがあって、父の全集を晶文社さんが出してくださることになった。お金のためでもなく、話題作りでもなく、いい本を作りたいし残したいという気持ちだけで、社長さんが身を削ってこつこつと取り組んでくださっている。父を愛した人たちの思いはそれぞれいろいろあってもちろんいいと思う。私も仕事人としての父はよく知らない。娘としてしか見ることができない。だから、お父さんが最後に望んだこと、そして叶《かな》わなくてがっかりしていた様子を思い出して、その夢が亡《な》くなってからわりとすぐに叶ったことを、すごく嬉《うれ》しく思った。

どこも出してくれないから会社を作って出してしまおうかと言った人もいて、そのために父は私にお金を出してくれないかと言ったが、そんなとんでもない額を私は持っていなかったし、借金してそんなことやっても回収できないに決まってるので（ほんとうに家族泣かせなくらいに商売のできない人でありました。ギャラの高い講演もせず、教授にもならず、その分、身を削ってものを書き、全くぜいたくをせず、人にだけはよいものをごちそうし、妻子をしっかり養って生涯を終えました）、ごめんなさいと謝った。父は笑顔で「いやあ、そうかあ、まほちゃんもそんなにはないのかあ、まいったなあ」と言った（どんだけ儲《もう》かってると思ってたんだろ⁉）。その会話も今となってはいい思い出だ。

いちばん父が出版社の人に言ってほしかったこと（全集を出させてもらえるなんて嬉しい、自分の最後の仕事になってでもしっかりやります、吉本さんの仕事は残すべきものです）を全部魔法のように仏前で言ってくれた晶文社の太田社長のおかげで、いっそういい思い出になったとも言える。ほんとうにありがたい。

聞いていてほんとうに「魔法みたいだ」「奇跡みたいだ」と思った。

父はずっと「今どきの時代にそんなふうに言ってくれる出版社社長がいるわけがない」と志を同じくする担当の編集者さんに上記のことをそっくり言っていたからだ。

現実的にはとてもむりだけれど、家を売ってでも出してあげたらよかったのかなあ？　と想像して、少しだけ胸を痛めていたからだ。私が独り身で事務所もなく子どももいなかったら、あるいはそうしたかもしれない。

一生をかけて探求したものをまとめて残したいという気持ちは、人として当然だと思う。

他のいろいろな楽しみに一切目をくれず、自分の思想の探求以外は散歩と買い食いと昼寝と猫と過ごすのと人と話すのとＴＶだけが楽しみで、お酒もあんまり飲まないで、つつましく一生を生きたお父さん。へんてこな姉妹だけを残して、孫とたくさん遊んで、自分が死にかけているのに最後まで姉と母の病気を心配して死んでいったお父さん。

「お母ちゃんはどうした？」「さわちゃんはどうした？」「病院の支払いのことでなんかあったら俺に言ってくれよ」って意識があるときにはくりかえし言っていた優しい声がずっと耳に残っている。

俺はどうなるんだ？　とは一度も言わなかった。

毎日がちょっとずつ死んでいくだけの日々、さぞこわかっただろうに、痛かっただろうに。

お父さん、よかったねえ、ついに全集出るってよ。

「さきちゃんたちの夜」が無事に出たので、お礼参りに九州に行きつつ、丸尾兄貴のところで出会った都城《みやこのじょう》の人たちをたずねていった。

東京ではなく都城で自分の思うままに生きようとすることがどんなにたいへんなことか、私には痛いほどわかる。

……っていうか東京にいたってたいへんなことが田舎では千倍くらいたいへんになるってことが。でもひとつひとつ自分の手で道を開いてきた彼女たちや彼は、美しい自然に力をもらって、言い訳しないで毎日こつこつとさわやかにがんばっている。

都城で温泉に行ったりマッサージを受けたりおいしいコーヒーを飲んだり、雑魚《ざこ》寝《ね》してそこんちのおいしいごはんを食べたり霧島に行ったりしていたら、すごく幸せであると共に、ふだん忙しすぎてそんなことを楽しむひまもあんまりないことがよくわかった。

楽で幸せな人なんかひとりもいない。

だからこそ楽で幸せそうに、そう見せようとむりしないでもそう見えちゃうような生き方がさわやかだと思う。前にも書いたが、それが全《すべ》ての理不尽なものに対しての、結局は最高の復讐《ふくしゅう》なのだ。

帰りは宮崎市内に寄って、帰省していたフラ友と夜更《よふ》けに温泉に行ったり、フラ友のパパの車に乗せてもらってみんなでドライブしたり、やってきたのんちゃんと合流してカラオケに行って、四人で手をつないで椰子《やし》と満月の下をぶらぶら歩いたりして、夢みたいな毎日だった。

それから綾《あや》という夢みたいな風景がいっぱいある場所に行った。見るからに土がよさそうで、日本人の原風景がみっちりつまっている。果物も野菜も米もぷちぷち音がしそうに元気！　早川農苑《のうえん》さんでいただいたにんじんジュースは、血が活気づくほどの甘く生き生きしたおいしさ。

でもそんなすばらしい場所でも人々が争ったり比べたりねたんだりしあっているのが、たった半日でも見て取れた。村おこしの勝ち組負け組、急な忙しさにイライラする人とひまでつらい人……きっといろいろあるんだろうな。

そういうのに参加しない謙虚な人は必要以上にひっそり優しくしてる。

人間って本来そういうものなのかもしれない。

だから、あの人にこうされたっていうような話は、どんなにむちゃくちゃされたとしてもとりあえずいつでもいったん置いといて、人間はいつもそういうものとわかった上でふらふら泳いでいくのがいいのかもしれない。

それはそうと、宮崎観光ホテルはあまりに立派すぎてはじめどきどきしたのですが、みんな親切でとってもいいホテルでした。さらに朝ご飯のビュッフェが素朴ながらとっても豪華でした。心からおすすめします。

それから有名なみょうが屋さんの鶏《とり》飯、鶏みょうが屋さんも、道に迷ったり予約変更したりしたのにいつも親切に対応してくださり、頭の下がるような思い。そこで食べた炭火焼の鶏は、目の前でじゅうじゅういってないのにもかかわらず今まで食べた鶏炭火焼の中でいちばんおいしかった。全てがていねいに作られていて、清潔で、すばらしいお店。

若い人が普通に「今日も仕事がんばろう」っていう感じで働いているのを見るのはすがすがしい。私が荷物を宅配便で送ろうとしてあたふたしていたら、ホテルクロークのお兄さんがダンボールをずっとあけて待っていてくれて、最後はいっしょにつめてくれたり、ホテルの温泉に終了三十分前に行ったら「ほんとうは十一時二十分までに出てここにいらしてほしいんですけど、少しだけならお待ちしますよ!」と言ってくれた受付のおばさんや、鶏みょうが屋さんの人たちが並んで見送ってくれた光景の、温かい思い出が胸に残っている。

自分が一時期三つの接客業に従事し、さらにそのお店のうち二軒が最終的になくなったことで、二つのパターンのお店の初めから終わりまでをじっと見てきたから、接客についてよく考える。

宮崎で行った他のあるお店はものすごい人気店で、高級とカジュアルの中間くらいの位置づけとお客さんを一晩三回転させるシステムで一人勝ちしている。なるほど、そうすると確かにもうけは出るだろう。仕入れたものも効率よくはけるし、言うことはないはず。

座ってからだいたい六千円の全てのコースが一時間強で出てくる。さっさと作り終わり出し終わって片付けを始めるお店の人。

「時間までどうぞごゆっくり」と言われつつ、目の前に並んだ食事はどうしてもたまって冷めていく。

誕生会の人も送別会の人も家族での夕食もデートも、全てひとからげで一時間ちょいだ。

そうしている間にもどんどん人が入ってきて、今日は予約でいっぱいだとどんどん断られていた。申し訳ありません、またいらしてくださいねと言いながらも、お客さんを見ないで手元の伝票を見ている入り口の係の人。

もともとはすごくのどかで、特別のときにしか行かない高級店だったんだと思う。急に席をひとりぶん増やしてほしいと言っても快く対応してくれたし、わざわざ電話をかけなおしてきてあいている別の時間を教えてくれたり。そのあたりは宮崎ならではのゆるいいい感じが息づいていた。

まあ全てあたりまえのことだし、商売なんだから問題はない。

俺は牛じゃねえ、目の前にえさをつまれて帰られても、喜んで無言でもぐもぐ食べたりしねえ！　とも思わない（食べたけど、そしてちょっとだけ思ったけど）。

六千円なら客が敷地を借りるのはまあ二時間が妥当だろうから、一見なんの問題もない。

それでもこのにぎわい、長くはないなとうっすら思った。あと二代が限界だろう……。

いくら宮崎がのんびりしているからといって、このやり方以外のやり方でもっと人気が出る店舗が出てくることは想像に難くない。また私はいくつかの、鮮度が非常に重要な食材を扱う業種で同じパターンを見ている。素材と素材との歴史にまつわる特殊なプライド、そして素材と金銭の関係が重視されているがゆえに、成功したときにはお客さん本位ということをいつのまにか忘れてしまうのだ。

お店ってなんてたいへんなんだろう、クリアするべきことが多すぎる。

だから私はいつも飲食店を感じよくしかもうまく経営している人たちを尊敬する。

前に働いていた店が営業不振のとき、経営側の人が「社長はあなたたちのバイト代を払うために他の仕事増やしてるんだから、それを思って必死にがんばりなさい」と言っていたが、これもまたまさに現場本位でない考えだろう。私も常にうっかり言ってしまいそうな言葉だが、やはり、おかどちがいだと感じる。社長がいちばん働いていてかつ現場にしょっちゅう足を運んでいないからこそ、不振になったのだ。そのへんが現場と経営側の感覚がずれやすい部分だ。

これらは自分も顧みてみる価値のある重要なテーマだと思う。

自分では店をやる才能はないので、自分の仕事を店に、小説を食材に置き換えて、じっくり考えたり実行してみようと思う。

5月
May

5月

今まで、そのことで外に出ている人も無名の人も含め、人生のほんとうの仕組みに覚醒《かくせい》した人にたくさん会った。

自分はただの野次馬だから覚醒していない、むしろしてない毎日を楽しんでいるなんでもない人間なんだけれど、たくさん会ったからこそ、そうでない人もだいたいどこがそうでないのかわかるようになった。

しかしここでなにが言いたいかというと、覚醒とはなんぞやという話でも、それで得られる利益の話でもない。

見た目の話なのだ。

人生の重要ななにかをつかんだ人はいるだけで気配が違うからわかるし、いくら隠していてもしばらく見ていたら随所に特徴が出るからわかる。

その特徴ってなんですか？　と聞かれてもなかなか言語化できない。

ある程度覚醒している人には雰囲気に共通項がある。妙な深みと、うさんくさいのと紙一重の秘密っぽさなどなど。

でも、見た目のほうはあまりにもまちまちな上に、そのまちまちで個性的な点があえて強調されていることが多い。はじめはそれを目くらましのためにわざとやっているのかと思っていた。しかしそうではないようだ。まるでふるさとに憧《あこが》れるように、最後に残った人間味を消せなくてどうしようもないかのように、彼らは見た目を変えることができない。

つまり、個人的な欲望やエゴなどをどんどん削《そ》ぎ落としていっても、最後の最後にどうしても残るものとは、その人のくせや家庭環境、これまで会ってきた尊敬する人などから派生した見た目の要素だけなのだ。それってあまりにも面白い！

リッチなビジネスマン風だったり、ひげでロン毛だったり、ヒッピー風だったり、漁師風だったり、八百屋《やおや》のおやじ風だったり、やくざ風だったり（これじゃあみんなだれだか丸わかりか！）……なぜかそのあたりだけはどんなに覚醒してもニュートラルにならないようなのだ。

ならないどころかいっそう濃くなる傾向さえある。

趣味に関してだけはエゴ的なものがあえて残るということだろうか。

そしてそれぞれの方たちのお弟子さんたちも、やっぱりその先生に似たライフスタイル的な特徴を持っている。

ということは、もしかしたら、人類はみなどこか深いところでつながっていても、個々の肉体と人生を持っているからこそ意味があるということをふまえると、人類にとって最も大事なことはその外見に出ているくせの部分なのかもしれない。

だからこそゴスロリとかギャルとかオタクとかレディ・ガガとかきゃりーぱみゅぱみゅを決してあなどってはいけないんだと思う。

そして外見を変えたら意外に簡単に人生が変わるということも、それをふまえて考えたら確かなんだと思う。


珍しく人前に出る仕事をいっぱいした。

三砂アネキとの公開対談、ウィリアムとのトークショー、日芸の入学式のスピーチ。

たまたま重なってしまった。

向いてないし本業じゃないから不器用にてきとうにやっているので、相手の方たちに助けられてばかり。三砂アネキはここぞというときにぽそっと一生残るようなすごいことを口にする達人だし、ウィリアムは怒りっぽいおじいさんだけど（笑）、そういうのを隠さないのがすごくすてきだし超かっこよくて、深いところで優しい人生の達人でとにかくハートがでっかい人だし、日芸の生徒さんは初々《ういうい》しくてかわいいし、全部あっという間に終わってしまった。

むしろその人たちの話を近くで生で聞いたり、かわいい新入生に接することができたり、日藝《にちげい》賞を同時に受賞された森田公一《こういち》さんとお話しできたりした私がいちばん得している感じがする。

それからさすがに長年やっているとよく会うファンの人というのがいて、私はその人たちの毎日には決して参加できないし、小説家ではない自分は自分のご縁で精一杯だからどうにもしないいんだけれど、私の本がその人たちの毎日の中に自然に住んでいる、いっしょに歩んでいる、そのことが実感できて嬉《うれ》しかった。

人の前で話すという独特の緊張感の中で、互いが知っていることを持ち寄ってセッションし、みんなでなにかを共有している、そんな感じがいちばんいいと思う。

本を売ってサイン会をする前振りのおしゃべりやかたくるしい講義みたいなものよりも、全員がたまたまそこに集って村のたき火の前にいるようであったらいちばんいい。その日はたまたま人生の少し先を行く、特技がある自分や対談者が前にいる日だという具合に。

会場を借りるために、私たちが生活するために、そこに料金が派生するかぎりはそんなこと言っていられないのかもしれないけれど、いつか限りなくそれに近づけたらいいと思う。

久留米《くるめ》の下津浦《しもつうら》内科に健康診断の旅に行ってきた。

いろいろ年齢なりに弱っているところはあるがまずまずの結果だったし、Oーリングテストは正しくできる訓練された人に受けると、ものすごく正確だということもよくわかった。

下津浦先生はうちの夫が深く尊敬する先生でもある。お医者さんとして最も大切なものをみんな持っているほんとうにすばらしい方だ。

そしてなによりも食いしん坊なところがすてき。

初日、ホワイトボードに途中までは肺炎クラミジアの説明を書いているとき、最後の行になったら突然「ところで久留米のおいしいところはですね……まず肉、肉はここです。寿司《すし》は間違いなくここがいちばん、それから創作うどんもあります、お刺身は昼のほうがいいんです、市場から届いてすぐだからね、そしてスペイン料理はここ、久留米ラーメンはここ」と店名を書きはじめたときには目が点になった。

私「でも、大腸でひっかかって明日内視鏡なんだったら、今後なるべく肉は食べないほうがいいんじゃ」

先生「いや、今のうちに食べておいた方がいいということです！」

そ、そうかな……。

先生と毎日どこでごはんを食べるべきかミーティングするのがいちばん楽しかった。

内視鏡検査の直後にお刺身を食べに行こうと誘われたときにはさすがの私もちょっとだけ負けそうになった。でも、負けずについていった！

そして先生が翌日また説明の途中に、病院の窓の下を通りかかったわらび餅《もち》屋の声を聞いて、

「とにかく追いかけてください！　すぐ行ってしまうから！」と職員さんに指示を出したときにはほんとうに驚いた。

あんなふうに生きていきたい……、そのためにも健康でいたい（？）！

私の腸はほんとうにきれいだった。便秘しないのが自慢なだけに腸壁が生き生きしていて、言いしれない美しい色をしていた。自分の腸に恋してしまうくらいに繊細な輝きを放っていた。取ったポリープも小さくて見るからに良性。

人間の体ってほんとうにすごい。こんなストレスフルな毎日を送っていても、ちゃんとあんなふうにひそかに働いて生き生き輝いているなんて。

四十八年もいっしょに歩んでくれた体に対して感謝いっぱいになった。

久留米もすばらしかったし、湯布院《ゆふいん》も、大分《おおいた》もほんとうに食べ物がよく気候もよくって、人々も親切で、九州ってほんとうにすばらしい。

天草の血が騒ぐからなのだろうか、九州のあの独特の夕方と山々を思い出しては、博多《はかた》っ子純情（子どものときほんとうに大好きな曲だったので、千代《ちよ》インターで降りて春吉《はるよし》橋を渡ったときには泣きそうになった）を口ずさみ恋しく思う毎日だ。

活気だけは人間にしかつくり出せない。

そういう意味で、これからは地方の時代だと思う。

自然のすばらしい風景が手伝ってくれてこそ、人間も自分の人生を楽しいと思う、そういうことが地方に行くとあちこちで見られるようになった。

どこに行っても物産市はにぎわっているし、口コミでブレイクして日本中からネット注文が来たり旅人が来たりするから、本気の人たちはどんどんやる気を見せている。地方の大都市の駅前は調布あたりとなにも変わらないくらい栄えている。

比べて東京はなんだかどんよりしんなりしていてちょっと淋《さび》しい。私は東京がふるさとだから、活気が戻ってくるといいなあと思う。マニュアルを超えていく子がたくさんいて、それを認めてあげる楽しく正しい大人がたくさんいるといい。

月末に少しだけ韓国に行った。留学中の友だちに会いにみんなが少し日にちをずらしながらも集ったので、いっしょにごはんを食べたり買い物をしたりして、比較的のんびりした。

明洞《ミョンドン》からちょっと離れたホテルに泊まり、朝起きてホテルでごはんを食べずに、坂道を降りて明洞に出るのが、仕事がないこののびのびした旅のお決まりコースになった。

車も多いし、空気も汚れている、観光地ではないからごみもいっぱい出ていて、そりゃあそんなにいい雰囲気なはずがない。

なのになんでだろう、韓国の朝は、それが休日だからではなくてとにかくわくわくする。

みんなが一日を始める活気があふれていて、空も風も山もみんなきらきらしていて、なぜかちょっと楽しくなってくる。日中は暑いし夜は涼しいくらいだけれど、湿気がないからさわやかさがある。気候がいいってものすごい強みだ。冬は凍るほど寒いけど湿気がないからやっぱりすかっとする。

でも空港に行くといきなりがっかりする。

激しい物売りとおいしくないレストラン（ごめんなさい、空港職員の方たち）。世界中の空港がたいていそうだから空港はしかたないと思うけれど、ほんとうに正直に言うと、東京の飲食店のレベルは空港並みだと思う。私もいつの頃からか飛び込みならはずれて当然ということを受け入れるようになってしまっている。

おいしくないものを食べると、細胞ががっかりする気がする（ここまでいじきたないのは私だけ？）。

いいお店がいっぱいある代わり、だめなお店も多いような気がする。

食べ物ではそうとう高レベルの久留米、日田《ひた》、博多のあとだからいっそうそう思うのかもしれない。

韓国のすごいところは、若者向けのいいかげんなお店でも食べ物のレベルが高いところだ。いったいなんであんなことになったんだろう？

このあいだ泊まったパークハイアットソウルなんて、サービスはぐだぐだだったのに飲食店のレベルはものすごく高くてかなり混乱した。

「外でお金を払って食べる物はおいしくて素材がいいに決まってる、そうでなかったら家のほうがずっとおいしい」みたいなことなんだろうか？　韓国にもだめなお店はいっぱいあるけれど「安いなりにうまいもの出してもうけてやる」「金を取る代わりに絶対満足させてやる」「うまいもの作れる奴《やつ》になってステップアップしてやる」みたいなアグレッシブな姿勢がそこここにあふれていて、なにかがちょっとだけ違う気がする。

食いしん坊の私としては、そのへんはずっとこだわっていきたい。

6月
June

6月

今までの人生をずっと見守ってくれていた、この世でいちばん好きな人がいなくなってしまったんだから、もう会えないんだから、生きていたくない。

それに近い気持ちに何回だってなった。

でも今好きな人や家族がいるから、何回だってやっぱり生きていてよかったと思った。

そんなものだと思う。

そんなことを言っているうちに、白髪がどんどん増えてきたり、ちょっと気を抜いたときの立ち姿、とくに下半身の角度におばあさんっぽさが入ってきた。その変化もあれよあれよで超面白い。今はデブだなんだと言っているが、多分そのうち太りたくても太れなくなるときがくるだろう。

ああ、この急な変化こそが世にいう更年期！　と思った。

でも私は女性としてかなり特殊な人材だから、ぎょっとするけど気にはならない。今はまだ落ち込んでいるから、実家に行っては「なんで親がいないんだ？」と子どもみたいに泣いているが、それは世界中のみんなと共有できるあたりまえのことだ。

そして今は中年と死の間にまだなにも見つけていない。

これまでいた世界の楽しかったこと……ビキニもミニスカートも徹夜もバカ飲み食いもない世界にはじめてやってきて、今のところ楽しいことがなかなか見つけられない。

でも私は今とおばあさんの間にまたかっこいいなにかを見つけるだろう。

そんなふうに肩の力を抜いた状態で田辺《たなべ》聖子さんのエッセイを読んだら、もっともっと肩の力が抜けた。

この優しい語り方、自分の産んでいないお子さんたちを育て上げて送り出し、ご主人を看取《みと》り、それでもちゃんと今を生きておられる説得力。

時代が変わっても人類の生きるこつは変わらないし、歳《とし》をとってもなにも失うものなんかないんだと思った。

私たちの毎日ではお年寄りが力を奪われがちで「もうすぐいなくなる人」「いつ倒れるかわからない爆弾」扱いのことさえある。

でもそんなことはない。お年寄りが持っているこういうすごい情報へのアクセスから分断されちゃっている。

でももしつながれば、見つければ、人生後半にはいろいろな宝物が埋もれている。身近で、そして本の中で見つけて、元気出して、もやもやをふりきって生きるしかない。

やっぱり本は友だちなんだと思う。

田辺先生に直接お目にかかれば、私はきっと緊張してなにも話せない。

でも本の中の田辺先生はまるで家族みたいに寄り添ってくれる。楽にしてくれる。

その魔法を私もまだまだ持っていたい。

その人の好きな本や映像だけがたっぷりつまったKindleやiPadやその他の端末だって、その人が生きていく上でのものすごい武器だ。

それこそが文化だっていうことを、忘れないでいたい。

森博嗣先生が工作をしているのを見るだけで元気が出るのはなんでだろうと前から思っていた。

彼に恋してるからでもなく、鉄道に興味があるわけでもない。

それなのに森先生の家の庭に鉄道がぐんぐん走っていく様子を見たり、彼の小さい工房でネジとか旋盤とかでかい万力とか見るとじわじわ元気がわいてくる。感動してほとんど泣きそうになることさえある。

それはいろいろなものを突破して好きなことをしているという森先生の静かな自信と楽しさが伝わってくるからだろうと思う。

友人である私でさえもたまに「こりゃないだろうセニョール」と思うくらいクールなメールをしてくる彼だが、実は私の知っている人の中でも最も優しい人の一群に分類される人だろうと思う。

その優しい面が、とてもとてもわかりにくいが、これまででいちばんよく描かれていたのが、新刊の「神様が殺してくれる」だった。

さっと読んでしまったあとで不思議にきらきらした後味が残り、ここに出てくる人たちのしかたなかった選択のことを考えたら、切なさがどんどん伝わってきて涙が出てきた。

ほんとうの優しさってこの小説みたいなものだろうと思う。

どうも画面のデザインがちょっと汚れる感があるけど、今回から Amazon にリンクしたりしてみている。

時代に負けた（？）としか言いようがない。

小金がほしい（ちょっとはほしいけどさ）わけではなくて、旅の手配もチケットを取るにも漢字を調べるにも場所を知るにも、ネットが全《すべ》てになってきた。ネットがないとなにも動かないのだ。なのに自分はそのままじゃあしょうがない。なにか変えないと。なんだかいやだなと思ったらやめると思うけど、やってみないで文句を言うのは最悪だからやってみよう。

ついでと言ってはなんだが、うちの子どもが「編集した動画をアップする」という夏休みの宿題で、私にインタビューして作ったゆる〜い動画があります。

これからも続けるかどうかはともかく、YouTubeにアップしてあるので、すご〜く時間のある人は、よかったら観《み》てみてください。チャンネル登録すると、またそのうちしょうもない動画がアップされると思います。

これとは関係なく「ネットで物販」的な話もちらほら出てきて、ああ、時代が動いているのに立ちあってる！　という感じがする。フリマでグッズを売ったことが懐《なつ》かしい。あれはあれで七十年代的でよかったなあ。

昔ながらのやり方で、小さく商売をして、満足して暮らす……には今の日本はあまりにもお金で汚れすぎている。心きれいな人たちがやっている小商いがなんとか存続してほしい。しかし実はそれには企業や銀行のバックアップが必須《ひっす》なのだ。だが現況では融資も出資も期待することはなかなか厳しいだろうと思う。

反逆を試みた人は必ず行き詰まるし、目立たず静かにしているしかないかと思うと息苦しい。

この時代をどういうふうに生きたらいいのか、その答えはまだ見つからない。

でも、また時代がひとつ先に動くときが来るし、力のある人には必ずチャンスが来るだろう。

稼ぐチャンスではない、人生の自由を得るチャンスのことだ。

その厳しさの片鱗《へんりん》でも自分の子どもが学んでくれたらなと思う、親ばか心。

子どものクリエイティブさにはいつだって圧倒される。それに刺激を受けたさくらももこさんが息子さんの絵本を出したり、銀色夏生《ぎんいろなつお》さんがおじょうさんのヴォーカルでCDを出したりしているのを見て「うわあ、てれくさい」とちょっとだけ思っていたけれど、自分もついに同じ穴のむじなに……！

広告でわずかに稼げるかもですが、観る人にとっては有料じゃないから許して〜（上記のおふたりは有料に足るものを出していたので、私のうちとはもちろんレベルが違います！）。

全部子どもがだれの手も借りず自分で文章を考え、編集し、アップしているので、若いのにすごいなとは思うけど、なにぶん子ども、なんとも力の抜ける内容だし、映像に影は映ってるし、私はすっぴんだし、これほどしょうもない動画も近年なかなか見ません。でもプライベート感とリラックス感だけはどの媒体でも見られないかも。

コアなファン（いるって信じてる……）の方だけにおすすめします（涙）。


もう七月も半ばなので、今回は「先月と今月のオレ」になってしまっているが、新聞連載の取材のためにバリに行ってきた。

今回の「BANANA TV」（笑）でも紹介しているsisiのバッグの尚美《なおみ》さんに初めて会えたり、宮崎組に再会できたり、光り輝く緑の棚田を見たり、若いイケメンと写真を撮ったり、バリにいるクロイワさんを初めて見たりで、楽しかった。

尚美さんのご家族がうちとすごく似た結束の固い感じだったのも、仲間がいるようで嬉《うれ》しかった。奥さんが仕事バリバリでも家族はひとつ、これがふつうだって私は信じていたので、同じような家族がいて嬉しかった。

稼ぎたいときはが〜っと仕事して、家族には待っていてもらえばいい。

だんなさんが稼ぎたいときは、自分が待っていればいい。

多少会えなくて間があいても、結束があれば全然大丈夫だ。

尚美さんがご家族で泊まった宿に翌日私たちも泊まったのだが、尚美さんが「定期的になんかいい匂《にお》いのするスプレーが上からプシュッと出るねん。止めて回るねんけど、お手伝いさんたちがまたすぐオンにするのよ。いちばんはじめは吹き矢かと思って思わず首の後ろを押さえたよ」と言っていたとおりに、上のほうのオブジェになんか芳香剤をスプレーする装置がついていて、急にプシュッと音がした。

その話を聞いていたのに忘れていたから、ほんとうにどきっとして生命の危機を一瞬感じたので、吹き矢っていう比喩《ひゆ》があまりにも鋭すぎて、今もまだ笑える。

ありえないはずの場所から未知の音がすると、人の本能は危機と捉《とら》えるんですね！

丸尾兄貴の家にも取材に寄らせてもらった。新聞の連載小説の中にバリやヌガラの日本人大富豪（モデルはもちろん兄貴）が出てくるのだ。

兄貴は少し痩《や》せて、そして変わらず忙しそうだった。

私はもう生き方がある程度定まっているから質問することはあんまりなかったんだけれど、命に関わるものすごく重い質問をする人たちに対して兄貴がひとまわりもふたまわりも大きな未知の答えを返す様子は、父を思い出させた。

よく父の居間にも悩める人たちが訪れて、父が意外な答えを返すのを、人々の顔が明るくなるのを、なんとなく聞きながら育ってきた。

「この切り口から？　ほんとうに？」と思うような新しい考え方の角度が、この世には存在しているのである。なにかを考え抜いた人でないと、その角度では見ることができない。

多次元的な角度とでも言ったらいいだろうか。それを会得《えとく》した人は、どうしても人助けをするようにできているみたいだ。

はじめはよそゆき顔だったリビングにいる全然業種や生き方が違う全員が、だんだん相談者への思いやりからひとつになっていく。みな優しくなって、仲良くなる。ここからこうして日本が変わるんだなと思わずにはいられなかった。

後ろから見た兄貴のひじや足の裏や頭の形はとてもきれいだった。言葉にできないような美しいフォルムなのだ。

桜井会長のすっとのびた背中がものすごくきれいなのと似ていた。

やっぱり体はってる男の人はみんなきれいだ。

生き方は形に出るんだなと思う。そして生き物としては雄のほうが絶対きれいな形をしているんだなあ、とあらためて思った。

じゃあ私のこの出た腹は……心のたるみ！　いくらビキニとお別れして久しいとはいえ！

夏のあいだになんとかします！

夏になると、母の友だちの松崎の矢部さんという人の家にいつも寄ったことを思い出す。

松崎ってほんとうにいいところ（市川準監督の映画『つぐみ』の舞台にもなりました）なのだが、毎日の日焼けでへろへろな私はたいていたどり着くまでにバスか車に酔うかの弱い体質だった。

一度、矢部さんのおじょうさんの子どもたち（いがぐり頭のかわいい男の子ふたりだった）が「ばななちゃんと遊ぶ」と海についてきてくれたのに、あまりの車酔いと頭痛でほとんど会話もできなくてかわいそうなことをしたのを思い出す。

子どもと遊ぶなんてとんでもないっていうような年齢そして体調だったし、子どもたちの期待が重かった。せめて名前とか好きなこととか聞いてあげればよかった。手をつないで歩いて帰ってあげればよかった。

ごめんよ、あの子たち、きっと今はもう大学生とか社会人？

あの頃は子どもと遊ぶってどういうことかさっぱりわかってなかったんだよ！後悔でも反省でもなく、今の自分であの日に行きたい。そして男の子どもに慣れきった状態でばしゃばしゃ海で遊んだりスイカ割ったり、気持ち悪くてもなんでもやってあげたい。ばかだったなあ、私。頭が痛いくらいなんだよ！

松崎の矢部さんのおじょうさん（嫁がれて山本さんという名字です）の息子さんを知ってる人がもしいたら、彼らに伝えてください。

あのときはごめんね、なんなら今からでもいっしょに泳ぐか？　って！

君たちに子どもがいたら、うちの子といっしょに泳がせようよって。

7月
July

7月

今月の思い出はとにかく全《すべ》てが引っ越しが大変だということにつきる。

引っ越しにまつわる全てのことが大変だった……。

っていうか、まだ引っ越し終わってないｙｏ（涙また涙）！

今の家を嫌いで出るわけではないので、毎日が失恋した人みたいに悲しい。天井を見ては涙、柱を見ては涙。

運命はなんでこの家に私を長く住ませなかったの？　という感じだ。

でもこうなったらしかたないし、まあ、次のことを楽しく行こう（この切り替えがなによりもこつです）！　その場に行っちゃえば、そこを楽しめるでしょう。

神様に問いかけることをあまりしない私だが、今年の春にうちの庭の桜を見ながら「いつまでここに住めるかな？」と考えて、ふと一瞬だけ真剣に問いかけた。

「できるだけ長くここに住みたいけど……今賃貸のここをいつか買えるだろうか？

そんなふうにものごとは自然に流れるだろうか？　そうでありますように、長くいられますように」

　でも、その翌日に急に風呂場《ふろば》の壁が落ちて修復不能なトラブルが生じたとき、ああ、要するにだめなんだなと思った。それが答えだ、と。

　直感したとしか言いようがない。

　こういうときに食い下がるとだいたいろくなことにならない。

　恋愛もそうだけれど、こういうときは後がどうなるとか考えないで、一回自分の執着をすっと切って忘れるしかない。縁があればいつか忘れた頃になにかが起きるだろう。

　やっぱりだめなんだ、と思いながらあわてて荷造りして行ったハワイは、やっぱり失恋した人なみに目の前が暗かったのを覚えている。

　しかし毎日海だの山だのとにかくいい景色を見て、友だちや犬と無邪気に遊んで、毎晩「ウォーキング・デッド」の最新版を深夜に観《み》ていたら「今は今だし、ゾンビがいる毎日よりは全然ましだな」（わけのわからない比較だ……）とちょっとずつ気持ちが切り替わっていった。

手放すということは、その隙間《すきま》になにかしらが入ってくる余地ができるということだ。それが新陳代謝というものでもある。

目に見えない世界は多分こんなふうに有効に人のそばに寄り添って常に情報を発信しているんだと思う。

昔の人が言っていた、虫の知らせとか流れとかそういうものってこういうことだと思うから、別に神秘的には思っていない。

次の家は狭すぎるしどうせ臨時で越すんだから、きっと長くは住まないだろうって今は思っているけれど、そういうのに限ってあれれ？　なんだかここで死ぬことになっちゃった、でもいいか、楽しかったし、みたいにずっと住んじゃったりするのかもしれないですね。

鉛筆型で狭く細長い同じ家が並ぶ建て売りっていうのをずっと鼻で笑っていたのだが、いざ接してみると「マンションと戸建て両方のいいところ取り」って感じで、同じ間取りに住んでいるご近所さんとの結束も身体感覚で自然にできるから孤独感がないし、フットワーク軽く動けるし、マンションのようなナイスでシンプルな箱だし、土地もついてるし、都会ならではの新しい住みかたなのかもと思えてきた。

いずれにしても新生活を始めることになったこと、まだ信じられない。

引っ越しが決まるまで尽力してくださったみなさんに感謝を捧《ささ》げたい。

手伝ってもらった人たちみんな、いっしょに東京で生きているっていう感じがする。


四十九になった今月、五十に駆け込む助走かのように、とにかくたくさんの人に会った。

まずは引っ越しの手続きで会った人たち。

不動産屋さん、工事の人、銀行の人、区役所の人……ふだん会わない人たちにも会って、やたらめったら書類を書いた。

そして私は悟った。時代に接している気分でいながら、いつのまにか時代が本格的に変わっていたことを全く知らなかったという事実を。

どうも親を見送るのがつらくてあえて時を止めていたようだ。まるっきり浦島太郎だ。私は昭和の家に住んで、昭和の生活をして、気をまぎらわせていたらしい。
少しだけ先に進みながら、また昭和のよいところは活《い》かした暮らしをしていこう……。

出会ったのはみんな基本的にまじめでおしゃれでかわいくていっしょうけんめいないい人たち、若さで詰めが甘い分システムがよくできていて、みな仕事に確実にちゃんとやりがいを持って取り組んでいるし、時代がよくなったところをたくさん見つけた。

出会った中には「おお、この人、こういうところで相手に気づかれないようにいろいろ専門的に行動している。出世しそう！」という若い人もたくさんいた。

また、昔は不動産屋さんは基本的にはだましてでも契約を取るというのが基本だったが、時代が平和になったせいか、彼らは妙に正直になっていた。

「こういう、更地にぽつんと残っている物件はあまりおすすめしないです。わけがあって残っているわけですから」

「裏手に住んでいる住人に騒音等問題ありそうなので、正直僕もここには住めないと感じます。申し訳ありません、今日まであの方があんな行動をしているとは知りませんでした。場所は最高なのでおすすめしたのですが」

「中古物件はよほどのことがないかぎり、前の住人のニーズに合った形だったり、修理に莫大《ばくだい》な費用がかかったり、建築法が改正される以前に建てていて次に建てるときには同じ建ぺい率で建てられないので、おすすめしません」

私はいろいろ引っ越したので、そういう知識は普通の主婦よりずっとあるんだけれど、こんな正直な情報を不動産屋さんから聞いたのはほぼ初めてだった。

だまされたふりをしながら自分の要求に近づけていくあの恐ろしい駆け引きがなくなったのはちょっと淋《さび》しい気さえするが（笑）、なんて平和なんだろう、いいなあ、と思ったのは確かだ。

もちろん時代のマイナス面だっていくらでも発見できる。

今の世の中は全てが丸尾兄貴のおっしゃるとおりにやたら分業制になっているから、みんなそれぞれが各部署での部品扱いだし、その楽さを享受《きょうじゅ》しているかわりに、勢いや生きがい的なものはかなり奪われている。

頭からケツまで関わって責任を取るという考えこそが、いちばんたいへんだけれど「生きてる！」と人が感じることなのだ。人間はどうしても肉体的にそうできているんだから、しかたない。食べてから出すまでが肉体の満足感の証《あかし》なのと同じ。

今の形態だと、最終的に下請け業者や営業にトップダウンでしわよせがやってきて、だれにも感謝されずに次から次へ移動しては文句を言われ、時間に追い立てられることになる。

そこで一工夫して隙間を見つけ人生エンジョイできる強い人はいいのだが、そうでない人はほんとうに気の毒な追いつめられかたをしてしまう。

朝から晩まで知らない家に行って工事だの修理だの営業だの契約だのを義務づけられ、たいてい無茶なスケジューリングなので渋滞で遅刻するから文句を言われて、その上名もない存在でいろと言われて、仕事が楽しいとはなかなか思いにくいだろうと思う。

それが仕事だとか人生だから仕方ないと言われたら、やっぱり抜け道はあるよと言いたい。もちろん収入と仕事内容と私生活がバランスよくやれていて満足している人はいいと思うんだけれど。

たとえば携帯電話の会社に行ったときのこと、その日の担当だった新人さんが階段を下りて追いかけてきてこう言った。

「僕は今日ノルマで、お客さまがいいと思わないものをどうしても勧めなくてはいけなかったんです。確かに手間取ったり、いやがるものをしつこく勧めてしまいました。ごめんなさい。でも、どうか後ほど送られてくるアンケートで担当者の僕を悪く書かないでください。ほんとうに影響が出てしまうんです」

言ってることとやってることのなにもかもが間違ってるよ、君、と言いたかったけれど、もはやこの子のせいじゃなくて、時代の問題だよな、と思い、私はうなずいてその場を離れた。もちろんアンケートも悪く書かなかった。

もうひとつのエピソード。某会社でエアコンを買ったら、工事の日、五時間待ったあげく下請けの業者が車両故障で来られない、ついては今日はもう工事は無理だから、最短で十二日後になると言われた。

この暑いのに死んでまうがな！

と思って、業者だのカスタマーセンターだのそのまた上の人だのにもちろん文句を言い、返品したいとまで言ってみたが、そのだれもが半泣きで「社内で話し合ってみます」「自分にはそんな権限がありません」と責任を逃れようとする。これって、責任を取らなくていいから楽なようだけれど、いやな思いだけして行動はしばりがあるからできないという、人としてはいちばんモヤモヤする仕事のあり方で気の毒だよなとやはり思う。

みんないっしょうけんめい「気持ちはわかります」「私もお客様と同じ気持ちになると思います」とクレームのマニュアル通りに、でも本気で心をこめて言ってくれるんだけれど、別にわかってほしいわけじゃなくて、エアコンをつけてほしいんだけど……と何回も思った。

それで多少楽で給料がもらえても、充実感は少ないだろう。

それを求めてない人はいいと思うけれど、私だったら耐えられない。行動してすぐ首になると思う。

結局お金が少し多くかかったし納品もあまり早くならなかったけれど、取り付けだけ別の業者に頼むことにした。

お金さえ安くなればどんな状況でも消費者は泣き寝入りすると思ったら、大間違いだと思う。私は少なくともそこでは二度と買わない。一万円安くなるのはけっこうなことだが、そのために五時間取られたわけで、これはかなわない。五時間仕事をいっしょうけんめいやれば、どう考えても確実に二万円稼げるから。

電話に出た人たちはみな善良で言われたことしかできない人たち。そして、このできごとが自分の属している会社の責任であることなんてはなっから考えたこともない人たち。

口コミを見たら、同じ目にあって同じことを言ってる人が山ほどいたのでまたびっくりした。

この隙間をのし上がっていく企業がこれから伸びてくるだろうことは、兄貴でなくてもわかる。

業者の車両が故障することや混み合うことを想定して代替の会社を常に用意し、優秀で一般家庭に嫌われない職人を集めて、無茶のないスケジュールで順当に報酬を支払い、束ねる実力がある会社……つまり人間力のある企業だろう。

これからもこの「とにかく分業、責任の所在をはっきりさせない、泣き寝入り狙《ねら》い」の方策がメインストリームかつ常識になる流れの一方で、時代は次第に反対側に振れだすだろう。今の形を崩すノウハウを確立できる、この時代の不満の声に今しかない営業のしかたと儲《もう》けかたをする企業が必ず出てくるはず。

相手は常に人間なんだから、分業化企業がそのシステムの中で泣き寝入りせずに文句を言う人をクレーマーだとか言ってうだうだしてる間に、下請けの会社をこきつかってボロボロにしている間に、そういうところに目をつけた人がネットの口コミと下請けのやる気を勝ち得てどんどん人気をさらっていくだろう。そのエアコン事件の会社の有名な社長は元々はそういうよい形の中小企業を狙っていたんだろうなと思うだけに、とっても残念だった。

こんなとき、企業はそこに託されていた消費者の「社会をよく変えてくれるんでは？」という希望まで奪うのである。個別に見たら大したことではなく見えても、実は小さいことではない。

そんなこともありながら、夢や魔法のようにざ〜っと日々が過ぎていった。記憶がなくなるくらい人に会った。友だちとも毎日のように会ってごはんを食べた。お誕生月だったからたくさんごちそうになったし、いっぱいの笑顔を見た。お花もたくさんいただいて、家の中がお花屋さんみたいに華やかだった。この家での最後のお誕生日を飾るかのようで、幸せだった。

秋の〆切《しめきり》引きこもりにそなえて今のうちにみんなに会ってるのかな？　と思う。

そして今振り返ると、疲れ果てていたり熱射病になりかけていたりしてあんまり記憶がないのに、みんなの笑顔や、楽しかったなあという印象だけがくっきり残っている。

死ぬときもこんな感じなのかな？　だといいな、と思った。

こわいくらいさ〜っと流れて、いいことも悪いことも印象にないけど、いい感じだけがきらきらしている人生。

人にお金を借りたままだったり、だれかをだましたり、悪口ばかり言っていたり、そんなだったら、死ぬときにはきっと恐ろしいもやが襲ってきそうだ。

少なくともきっとうちの父のように美しくすっとした顔で死ぬことはできないだろう。それは避けたいから、心をこめて小説を書こう。単純だけれど、そうしたい。

前にも書いたことだけれど、うまく書けなかったので今月も書いてみる。

私はがんばっていることを人に見せたり、粋《いき》じゃない雰囲気が嫌いだから、どんなに疲れていたり困っていても、基本的に人には笑顔で会うし、疲れたと文句は言うけれどやっぱり楽しそうに過ごす。

相手に対して愛を持っていたら、他人が唯一《ゆいいつ》できることはそれだけだからだ。

無理はしていないし、うそもついていない。

それはちょうど、お店の人がその日の機嫌の善《よ》し悪《あ》しをそのまま出してお客さんに接していたらどうなっちゃうの？　というのと同じ気持ちだ。

楽しくない人に会いたい人はいないだろうからそうしようと思い、実際に楽しそうにしているとバカだからほんとうに楽しくなってくる、というだけだ。

そんなに好きではない作品を創《つく》る人や、身持ちのすごく悪い人や、業種が違いすぎてわけのわからない生き方をしている人だって、サシで会ったらたいていはいい人だ。

評論とか批評とか言われることをする場合は正直な意見を書くけれど、直接会うときはたいていただがんばってと切に思う。逆もそうだろう。私の作品や私をすごく嫌いな人でも、その人が道でものを落として私が拾ったら、ありがとうと言うと思う。だから人間っていいよなと思う。どんなことを言われても、その人にも恋人や親や子どもがいて、その人を愛する人がいるというだけで、許したくなる。

……にしても楽しそうにしていると、ほんとうに遊んでばかりいてなんにもしてないと思う人がいるので、驚く。

私が介護の手伝いをなにもしないで姉にだけまかせて面白おかしく暮らしていたと思っている人がたくさんいるし、面と向かってイヤミや皮肉を言われたり書かれることもたくさんあったが、とにかくその全部が単なる驚きだった。

百歩ゆずって、私がおいしいものを食べてお酒を飲んでいるのをいつも見かけたとして、家に帰って徹夜で小説を書いているところをそのうちのだれが見たと言うんだろう？　家族さえも知らない、ひとりきりの時間を。

人の家の内情のことをよくそんなふうに思えるなあ、というだけではなく、その想像力の低さに衝撃を受けた。楽しそうにしている人は楽しい、海外に行く人はお金がある、仕事をたくさんしてるから金持ちだろう、親は姉と住んでいたから姉だけが看《み》ていたんだろう、そういう発想の貧しさ。まあ、ある程度は当たっているのだろうけれど、その「ある程度」が全部真実だとしたら、世の中ってなんてつまらないだろうと思う。

たとえば私の姉がぐちって私を多少悪く言ったとしても、それは愛がある単なるぐちだったろう。

私だって実家にいないから思うように届かない親への思いを、お姉さんっ子だった母に対する淋しい気持ちをどれだけ人にぐちったか。

でも、みっともないことは数々あれど、後悔もたくさんあれど、このことに関して自分に恥ずかしいことをなにもしていないから、それに個別に説明しないから誤解を受けているだけで、必要なときにそれぞれに説明すれば必ずわかってくれるから、いいんだと思う。

こんなところで宣言するのもなんだしあたりまえのことだが、私は姉を愛している。たったひとり残った昔からの家族、不器用で偏屈でかわいらしい姉。お母さんっ子で情が厚くて猫が大好きで父に性格がそっくりな姉。

面と向かっては愛情を示さないし、毎日会うわけでもないけれど、いつも姉の幸せや健康を願っているし、会いにいけるときは楽しく会う。

神様は私から両親を思ったより少し早く連れて行ってしまったけれど、姉を残してくれた。親がまるっきりいなくなった驚きから少し立ち直った今、そのことに感謝をいっぱい感じる、そんな四十九歳のはじまりだった。

数年前、夕暮れのうっすら明るい不忍池《しのばずのいけ》で、蓮《はす》がばんばん咲いているのを夢みたいに眺めて散歩した後に実家に行った。姉がおいしいごはんを作っていて、両親がまだにこにこしていっしょにテーブルを囲んだ。子どもの頃と変わらなかった、あのなんていうことのない夏の夕方をよく思い出す。

あんなすばらしいことをいちばんに思い出せるなんて、やっぱりあの家族でよかったなと思う。だれがなんと言っても、私たちは四人だった。愛し合っていた。幸せだったんだ。


誤解しないでほしい、まあ、読み方は自由だからしても全然いいけど、とにかく誤解しない人にはぜひこつをつかんでほしい。

私は個人的なことは大人だから自分で解決できる。

ここでネガティブなことを書くときは、発散ではなく、クレームでもなく、違うやり方があるっていうことを、その可能性だけでも見てほしいということだ。

あなたは一万円を惜しんで泣き寝入りしたことはないですか？　そこで得たものと失ったものはなんですか？

上には怒られ、下からはつきあげられ、なんのために働いているのかわからないと真っ黒い気持ちになったことは？

応援していた企業に失望したことは？

一見いつも楽しそうに見える妬《ねた》ましい友だちにも悩みがあり、見えないところでなにかを必死でしているという可能性を見ようとしたことはありますか？　そのノウハウを学んで自分も楽しそうに見えるように暮らそうと努力したことは？

ものごとを全体的に眺めてそこの中のどこに自分の大きな責任があり、重いし面倒だけれどやってやると思ったことは？　そうしたら急に軽くなって流れも自分に味方してくれたことはないですか？

どうせこつを語るなら、そんな問いかけをどうしてもしたいから、いろんなことを書いてみています。

丸尾兄貴のところで知り合ったインフォトップという会社のITというか情報関係の人たちがみんなあまりにも楽しそうな顔をしていたので、あれ？　どうして？と思った。

よく陽に焼けていて、目がぴしっと光っていて、それぞれのキャラが立っていて、疲れがにじんでなくて、なんだかいつも見るそういう会社の人たちと全然キレが違う。

なんでそんなに楽しそうでいられるの？　と思ったら、やはり海外に住んでいらした。

日本にいたらやっぱりだめなのか、時代はここまで来たのか……と思いながら、彼らのなにかと厳密でなくてきとうながらも核心はぴしっとつかんでいてなるべくwin-win の状態を目指すという新しいビジネスモデルの取材をしたかったので、いろいろ質問をさせてもらって楽しかった。みんな小学校の同級生同士みたいな勢いのあるかわいい顔をして、忙しく働いている。

楽しくないことには決して深入りしない、楽しくないいやなことを長くすると病気になる、それは村上龍さんが百年くらい前（笑）から言っていたことだ。

私は昔、広告関係、今はＩＴ関係の人を天敵だと思っていた。お金のために人の心をあやつる業界だと思っていたし、ひとつの仕事に意味なく何十人もくっついてきて、ただ立ってるだけ、そう思っていた。

でも今は違う。時代が動いてクリエイティブな人が自然にその業界に集結した結果、ただ立っている人がバブル崩壊と同時に消え去って、意味のある人数がそこにいるようになった（ＴＶ業界はまだたまに意味のない大勢だなと感じることがある）。

そして出版界がどんどん遅れていく結果になってしまったから、話も危機感も合わなくて、友だちもどうしてもそっち方面に多くなっていった。

「小さく、品よく、かっこよく、ていねいに、こつこつと、食を大切に、日々を大切に」というキーワードはもちろん私の小説のテーマのど真ん中にまだある。

しかしそれらをお店や出版社が実行するには、どうしてもスポンサーがいる時代になってきちゃっている。

そして手を汚さないで後手後手に回ってきた結果、この世でいちばん汚れた沼みたいな状態になりつつある出版界。編集者さんもさっき書いた下請けの人たちみたいになってきていることが多い（もちろん全部ではありませんが）今、若い世代の彼らがどう会社を保ち新しい時代を切り開いていくのか、いっしょにのんびりと仕事をしながら観察していきたい。

どれがいいとか悪いとかではない。天候を責められないのと同じくらいに、人類の流れを責めることはできない。単に流れがあるだけだ。荒れるときもあるだろうし、理不尽なこともあるだろう。

エコロジカルでヘルシーな流れと、企業が生き残る手段のふたつの流れが共生するモデルとしてやがて日本のあちこちが、「アメリカの本格コーヒー店、小さいブックショップ、海か山があり自然が多い、高級ブティックと雑貨屋、アーティストとスポンサー、小さいコミュニティ、エコロジカルなブランドの本社」というようなキーワードがある小さい街みたいなことになっていくのではないか？　とうっすら予想してみているけれど、まだわからない。どんな未来が待っているのか。世界はどうなっていくのか。

とにかく多少自分の手を汚してでもなんでも、この世を泳ぎ抜けてきた人の明るい強さが今はいちばん気持ちいい。

兄貴に「人間関係ですごい傷を負ってしまい、最近やっと元気になってきたのですが、それが根っこにあるためどうしても人間と接するのがこわい」というような質問をした人がいた（特定できないように少し内容を変えてあります）。

兄貴は「それはすごく仲のいいやつが五人しかいないうちのひとりだからだ。それが百人中のひとりだったら、どうでもよくなる、大事な人がたくさんいる人生、それを目指せ」と言った。

そんなに友だちがほしくないとか、そんなにだれもかれも好きになれないとか、言い訳はいくらでもできる。そんなこと言ったって兄貴中卒じゃないですかとか、やくざじゃないですかとか批判するのだって簡単なことだ。

そんなことどうでもいい、兄貴は人としてすごい。兄貴のしたことをだれもできない、それだけでいい。

人はやるかやらないか、それだけなんだと思う。

万全の構えでだれからも批判されないけれど元気がないのより、でこぼこでむちゃくちゃ言われてもさわやかで元気でいたい。今はそういう気分の時代だと思う。


東京を離れようかと思っていたけれど、行ったらただでは出られない大好きなロンハーマンとそのカフェがサザビー様の英断のおかげさまで千駄ヶ谷にいつの間にかできちゃってるし、茄子《なす》おやじはいつもながらうますぎるし、ティッチャイの冷やしトムヤムそばもかなりやばいうまさだし、ワンラブブックスもなにげなく復活しているし、私のふるさとはなんて贅沢《ぜいたく》な都市だろうと思うと、まだしばらくいたいなと思う。

街を気軽に歩きながら、軽いかごバッグとか布バッグにおさいふをしのばせて、めちゃくちゃ履きやすいアイランドスリッパのサンダルを履いて、袖《そで》のない服を着て、忙しさの合間に「山が見たい」「海に行きたい」と文句言いながらカフェに座って空を見る、そんな東京の夏を楽しむしかないという心境になってきた。

うちの息子が前に森博嗣先生に移動中の車の中で、

「ねえ、昔と今とどっちが好き?」

と漠然とした質問をした。よくここまではっきりと理系の人にそんな漠然とした質問を! と思ってドキドキしていたら、森先生は運転しながらにこにこして答えた。

「今だよ。うんと昔に比べたら病気で死ぬ人も少なくなっているし、建物も買い物もみな便利になるように研究されて使いやすくなっているし、自由も多くなっているし、時代は確実によくなっているから」

名古屋のきれいな夕焼け空と、森先生の確かなその言い方と、息子の顔がぱっと明るくなったいい感じをいっぺんに味わいながら、ほんとうにそうだ、私もそういう気持ちをもっと持とう、と思った。

昔よく会っていた女友だちがいた。

今もたまに会うんだけど、私たちふたりは昔も今もいつもとんちんかんな感じだ。独特の感覚があってものすごくセンスがよくって、クールなんだけどいい奴《やつ》で、美人さんでスタイルがよくって、庶民的な感覚もしっかり持っていて、どこか危うくて、ほんとうに魅力的な子だった。

彼女が結婚して妊娠してもう少しで赤ちゃんが産まれるっていうときに、真冬の横浜で彼女に会った。

彼女は大きなおなかと同じくらい大きな、木彫りのノアの箱船といっぱいの動物たちの置物を抱えて、当時の私に引っ越し祝い（そのときも引っ越し中だったんだね……私って！）だと言ってプレゼントしてくれた。

その箱船は今もうちにある。

赤ちゃんは女の子だった。かわいく産まれてすくすく育った。

その子が小学生のときにうちの子どもが産まれて、みんなで会ったことがある。

「ＰＴＡだけでもたいへんなんだけれど、その係のいちばんたいへんなのを六年間のうちどこかでどうしてもやらなくちゃいけなくって、けっこうたいへん。『いつその係をやりたいですか？』っていう紙が毎年来て、とりあえず毎回今回でなく次の年を書いてみるんだけどねえ、もちろん逃げ切れないよねえ」

いつもの歌うような調子で、友だちは言った。

ものすごくしっかりした声とまなざしで、おじょうさんは言った。

「毎年、来年やるって書けばいい。それで、六年生になったら五年生のときにやりますって書けばいい」

「そんなのだめだよ〜ん」

これまた歌うような調子で友だちは否定したけれど、おじょうさんは堂々とした態度で、にこっと笑った。

その子は大人になり、ゾンビちゃんになった。

かわいいルックス、ママゆずりのセンスの良さ、天使の笑顔、野太い考え方、力強い歌声、若さゆえの切実さ。

だれも文句は言えない、今の彼女にしか作れない音楽、歌えない歌。

生きててよかったなあ、生きてるといいことあるなあ、あの小ちゃかった子のライブが観《み》れるなんてさ、と私は思った。

若い世代にだんだんと場所をゆずっていくことの、このとてつもない幸せよ！
今月の日記はゾンビに始まりゾンビに終わりました……。

8月
August

8月

炎天下に台車で荷物を運びすぎて、さらにクーラーのない部屋で体を動かしすぎて、ただのデブからがたいのいいデブになってしまった……。

膝《ひざ》を痛めたり、上からものが落ちてきて足の甲を直撃したり、大騒ぎ。

秋は少しダイエットしようと思っていたけれど、さっき都築《つづき》響一さんのスナックで対談していたら「スナックの取材を毎日していたら二十キロリバウンドしちゃった」とおっしゃっていた。

あんなに痩《や》せて、痩せる旅の本まで書いてらしたのに……。

でも都築さんの人生は代わりのない大事な記録に満ちた人生だから、健康さえ大丈夫なら太っていても全然オッケー！

「やっぱりダイエットとリバウンドはセットなんだな」としみじみ思った。統計上もそうなんだろうけれど、ちょっと長いスパンでみたら、ダイエットしてリバウンドしない人は一割くらいだそう。

すごくわかる気がする。

なにかを抑えると、きっとそれは潜在意識下にひそんでいてやがて戻ってくるに違いない。

まだほんとうには結論が出ていないけれど、もしかして呼吸法もそうなんじゃないかな……とふんでいる。

意識してすることはなんでもなにかしらの圧力を自分に課していることになるから、それがなにかの形であとから出てくるのだろう。

武道の人たちは意識してやる分、別の服に着替えたり、道場があったりしているから、潜在意識にいいふうにしみこむのではないだろうか。むしろ「道場で、この服でいる間は自分は研ぎすまされているからこうである」がだんだんいいふうに日常に影響してくる、そのほうが近道かも。全《すべ》ての運動に基礎が大切なのも、だからだと思います。

日常の中でほんのり意識して、やってみて、あとは忘れる……みたいな加減ってもはや達人の極意だから、いちばんむつかしい。

いちばんすごい人は、普通に暮らしているのに、すごいタイミングでさっと動いたり、いろんな人を救ういいことを言ったり、呼吸が浅ければ深呼吸してそこであっさり終わったり、肉食べ過ぎたなと野菜食べたり、自然に調整しているそんな人だと思う。なににもひっかからない風みたいな人。たまにいるので、えらく感心する。

あまりにも大規模な引っ越しをしたので、ゴミのすごさや人の出入りの多さに、清掃局や警察から「何が起きたのか」と電話がかかってくるくらい。

近所のコンビニのおばさんに会うたびによほどへとへとなのが伝わるのか「あなた、引っ越しがんばりすぎよ！　一年かけてやればいいのよ」と優しい目で言われるほど。

仕事に出るのでちゃんとしたかっこうをしていたら、向かいの家のおじさんに「おっ、今日はすてきじゃないですか。なにせ引っ越しのすごい姿しか見たことないから」と言われるほど。

でもしかたない。大きなところから小さなところに引っ越して、さらにはもうひとつの家のものも全部運び込んで、契約とか全部いっぺんで、いろんな方面からじゃんじゃん電話がかかってきて、何日の何時になにをしますって言われても、もうぐちゃぐちゃ。

どうやって毎日が終わっていっているのか不思議なくらいだ。

しかも引っ越し自体はまだ全然終わっていない。忙しくて整理整頓《せいとん》をおろそかにしていたツケがみ〜んな回ってきて、Mac はあっても充電器がどうしても見つからなかったり。

いっちゃんやカメラマンの永野雅子《まさこ》さんに何回も手伝ってもらって、男の人たちには洗濯機まで運び入れてもらい、まだまだ引っ越しは続いている。

友だちにも仕事先にも不義理大爆発。

でも、このくらいでいいのかも……！　今までなんでもやりすぎていたかも、と反省までしちゃって、まめさを減らして心をこめる方針に変えてみたり。

ここまでなにかに集中したのは久しぶりだし、もともと悪い腰をもっと悪くしないように必死だから、荷物を動かすときの体の微妙な使い方を日々学んだり、こまめに鍼《はり》に行ったり、ここぺりでマッサージを受けたりして、なんとか食い止めている。やればできるんだ！　と思った。

荷物さえみんな入ってしまえば、あとはゆるくていいので秋はじわじわやろうと思う。

今度こそコンビニのおばさんになにも言われないような人相にしよう……。

ものは買う方が捨てるよりもずっと簡単に決まっている。

捨てるときは気持ちもそのものに乗っているからだ。

買ったときの新しい浮かれた気持ちは、長い目で見れば捨てるときの悲しみと必ずセットになっている。

子犬が来た日の朝と、老犬を見送る朝。

小さい頃の元気な両親と、亡《な》くなるときの薄くなった両親。

それを見ている自分の気分は正反対でもエネルギーの量はきっと同じなんだ。だから人は新しい恋とか、赤ちゃんが産まれたとか、明るいはじまりの光にひきつけられる。

でも終わるときのうらぶれた気持ち、淋《さび》しさ、重さ、暗さ、それもまた人生の深い味なんだなあと思う。

長い間暮らした家は荷物がなくなるとまるで狸《たぬき》の宴会や牡丹灯籠《ぼたんどうろう》みたい。がらんとして、壁も床もボロボロで、古くて、ほんとうにここで私は楽しく暮らしていたの？　と思う。

あの自分はみんな幻だったの？　と思う。

ものがあって、人がいて、生活があって、初めて家は呼吸して生きはじめる。

ここ数年、知らない家の床を拭《ふ》いている夢を何回も見るようになった。断片的に、あれ？　おかしいな、この床違う色だ、と思う夢だ。それが現実になっていちばんびっくりしているのは私だ。

前の家のリビングが木に囲まれているのが好きだった。窓の外が全部葉っぱで、光に満ちているのを眺めるのが毎日の幸せだった。

まだまだ淋しいけれど、新たな場所にゆっくり慣れていこうと思う。

それにしても雅子さんの体の使い方のすばらしさにはほれぼれした。さすがいつも重いものを持って歩くカメラマン。淡々として、気合いを入れることもなく、静かに目の前のものをさばいていく感じ。あとにはきっちりした成果が残っているが、いばらない。

自分のへなちょこさにびっくりしたし、ああやって静かに淡々とやることをする人を神様は絶対見てる、と思った。


引っ越しのさなかに、前から決まっていたシャスタ旅行に行った。

前はよく知らない人たちと（それはそれで新鮮でにぎやかで楽しかったけど）いっしょだったのだが、今回は大野夫妻といっしょで案内とドライバーはきよみんという最高のチームだったから、心から毎日をリラックスして楽しむことができた。

シャスタの風は甘いし、山々のある景色は信じられないくらい美しくて、毎日生きていることに感謝しないではいられなかった。

最後に憧《あこが》れのオークランドやバークレーに寄れたことも嬉《うれ》しかったし、ほんのしばらくだけれどサンフランシスコを楽しむこともできた。あの光や風と湿度のなさと大都会が同居している感じ、ほんとうにうらやましい！

代官山の名バリスタ黒沢さんとも再会できたし（顔を見ただけで彼の珈琲《コーヒー》が飲みたくなった）、きよみんの友だちのすてきなアトリエにも寄れたし、きよみんの友だちの日本人のカップルが本気で料理を作っている「Skool」というすばらしいお店にも行けた。新鮮な魚、完璧《かんぺき》な味つけ、でも斬新《ざんしん》。大感動だった。

いいなあ、サンフランシスコ……とうっとりしながらも、ふっと上を見てシャスタ山がそこにないことをやっぱりとても淋しく思った。

ありがとうシャスタよ、そして一週間ものあいだ、たいへんなことを引き受けてくれたきよみんよ。おごられるときは控えめに、疲れていてもそれを出さず、人々をさりげなくはげましながら美しい場所に連れて行ってくれたこと、一生忘れません。

湖のほとりできよみんの作ってくれたおにぎりを食べた幸せ、思い出すたびにふんわりした気持ちになる。炊飯器とお米まで持ってきてくれて、朝早起きして作ってくれて、ありがとう。最高においしいおにぎりだった！

カリフォルニアは幼い頃の私の憧れの場所だったから、いられるだけで嬉しい。

……でも、それとは別に、私はホラー映画の見過ぎで、アメリカのありとあらゆるところがこわい。

夜道も森も湖もドライブインもレストランもスーパーもヒッチハイカーも、とにかくこわいふうにしか見えない。

そういえば、ローマに行ったときもそうだった。あんなに美しい街がこわいところにしか見えなかったっけ。アルジェント監督のおかげ（せい？）で。

自分のホラー映画マニアぶりをちょっとだけ恨むのはそんなときだけだが、あんなきれいなところにいたのにひとりでこわがっていたのがもったいないから、けっこう大きいことな気がする！

ついに土肥《とい》にも行った。

絶対むりと思っていた。親がいないのに土肥に行ったらきっとものすごく落ち込むと。

いつもいっしょに行っていた担当編集者さんたちが誘ってくれたので、ちょっとだけ散骨もしようかと姉とがんばって行った。

意外にも悲しみは全くなかった。

体が全部覚えていたし、土地が両手を広げて迎えてくれた。もちろん中浜屋さんもいつも通り温かく迎えてくれた。

行ったら勝手に自分の体が動きだし、水着に着替えたり海で泳いだりお風呂《ふろ》に入ったりいつものスリッパをいつものようにはきわすれたりしだしたのにはびっくりした。四十年近い積み重ねってそういうこと。

むしろ親が喜んでくれていっしょにいるみたいな感じだった。父も母も自分の中でにこにこしている、空の上ではない、そういう実感があった。

あのとろ〜んとした水、柔らかくゆるい波、海の中から山を眺める気持ち、土肥でしか味わったことがない。

原マスミさんがにこにこしてうちの子と泳いでいるのを見るのも幸せだった。

世界中のどんな美しい浜辺よりも安全で美しくいやすい、それが土肥の海水浴場なのだ（でもお父さん溺《おぼ》れてたけど！　あれは血糖値が下がって意識がなくなったんだからしかたない)。

中浜屋さんではいつものメンバーがあちこちの部屋に散らばっていて、声をかければ出てくる。

もちろんみんな様子は変わっている。歳《とし》を取ったからだ。

ずっといっしょにお風呂に入っていた女子たちふたりも、気づいたら乳がんの手術で胸がない。

それでも今いっしょにいつものようにここにいられるっていうのが、いちばんよかった。

あのときあったお店はない、あのときいっしょに泳いだ人たちの中で、亡くなった人やもう会えない人もたくさんいる。

新しく生まれて加わった人たちもたくさん。

自分にとっては長いその時間を、みんな海と土地が見ていてくれる。

自分の一部が海や土地と溶け合っているから、たとえ自分がいなくなってもこわくない。

単に、こういうことなんだなと思う。

帰りに桜井会長のお誕生会に伊東の五味屋さんという最高においしいお店に寄らせていただいた。ここの煮魚、絶品！

雀鬼会《じゃんきかい》のみなさんが心からお祝いの笑顔を見せているのも嬉しかった。

小さい子が「親は死ぬはずない」と思っているのと同じくらい、みんなが「会長は病気なはずがない、死ぬはずはない」と大人なのに無邪気に信じている。

私ももちろん信じている。

そんなふうに思わせる器の大きさに改めて深い敬意を感じた。

若いときに命をかけていろいろやって思いきり生きた系の人は、みんなすっぱり死にたい、長生きしたくないと言う。

でも、そんなのだめだ。まだまだ生きて、ただいっしょに過ごしてほしい。それだけがみんなの望みだ。

桜井会長と山田マネージャーが並んでいると、ただただかっこいい。なんだこのかっこいい人たち！　と思う。動きも言葉も鋭く、一個もむだがないのに、決して息苦しくない。大きな山や海といるみたいだ。

ほれぼれする。

彼らの奥様や彼女たちはきっとすごくたいへんだろう。

でも、女として生きられるだろう。

女として、というのはもちろんセクシャルな意味だけではない。存在全部で生きるという意味だ。

現代の女性たちが男に毛をそれとか便座を下げろとか早く帰って来いとか風呂に早く入れとかうるさくなったのは、ああいう男が減ったからなんだろうな……。

時代は変わる、それはしかたないこと。

でもどの時代であれ、人間は人間として、男は男として、女は女として、全部まっとうして生きられたらいいねと思う。

こんなに短い期間でもフィジカルに生きていたら（PCなし、毎日すごく歩く、丘にも登る、朝は早起きで体動かして、夜は白目むいてバタンキュー、細かいことをやっていられない、メールもろくに返信できない、めしははらぺこの後に短時間で食べられるがつんと系ばかり）、考え方が少し変わった。

ただでさえ自分のことはあんまり深く考えないのに、ますますそうなった。

深く考えてもしかたないし、人に嫌われても別にいいや、みたいな感じ。

どうせまたすぐじめっとした作家らしい毎日に戻るだろうけど、自分がかなり強くこだわっていてこれこそが自分だと思っているような部分や生活のしかたって、実はたやすく変えられるものなのかもしれない。

だからこそ意外な人が、生活を変えるだけでなにかの会に簡単に洗脳されたり、思いのほか急に元気になったりするんだろうな、と思う。

逆に言ってしまうと、それを逆手に取ったのが自己啓発セミナー的なものかもしれない。

前述したように、セミナー効果が長続きしないのは、自分の潜在意識に圧がかかるからだ。

心から合うセミナーや師にめぐりあえば、自分の中にすっと入ってくるから確かに効果がでるが、自分のなにかをごまかしたり見ないようにして圧をかけると、どんどんずれてくる。

あたりまえのことだ。

自分を知る、それ以外に道はない。自分をとことん知り、嫌い、でも憎みきれない。そのつらい道しかない。

「別の人間になることだけは絶対にいやだった。他の人間になった自分をどうやって憎めばいいというのだろうか」

これは村上龍先生の「歌うクジラ」からの名言だ。

とてもつらい小説なんだけれど、この言葉が出てきたとき胸がすっとした。つきものが落ちたみたいにすっとした。これこそが小説の力だなと思う。

9月
September

9月

今月は人生の裏記録（って何？　裏帳簿みたいなもの⁇）に残していいほど、たいへんな月だった。

えらい目にあった……。人生の地獄を見た。

疲れのあまり、最後の針がＭＡＸからふりきれて、装置自体が壊れた。

そして感情をもう二度ととりつくろえなくなった。

しかしそもそもなんのためにとりつくろっていたのかというと、考えてみたらトラブルを避けるため。そしていい人と思われたいから。全然ムダだったやんけ！

ああ、これが兄貴のいうリミッターをはずすということなのかと実感した。

裁判などいろんな言葉が出てくるあまりにも大人っぽいことなので、あんまり詳しく書けないし書かないほうがいいんだろうけれど、清志郎《きよしろう》もそう歌っていたがまたも予想なしにいきなり「河を渡った」感あり。

♪ドロ水を飲んで　おぼれそうになって　助けられたりして　そう俺は河を渡った
俺は考え方が変わった　いくつもの河を渡った　俺は渡った　向こう岸の奴《やつ》らがまたナンダカンダ言ってんだろ?「あいつは変わっちまった」そう俺は河をまた渡った

まさにこの気持ち。

なによりも、たったひとりで、だれにも相談しないで大人の社会人としていくつかの重いことを乗り越え、死ぬほどの悔しさをとにかく実務的な行動に換えようと歯を食いしばり、ただただ地道に解決したというのが大きな自信になった。いい人でいたらきりがないということがわかったから、もう私はいい人なんかじゃない(いい人ですけどね)。

久しぶりにいやな奴として思いきりふるまって、なんだかすっごく気分がいい。

黒ばななの船出に幸あれ！　これからどんなことが待っているんだろう、ほんとうにわくわくして、どきどきして眠れないくらい。新しいってすばらしい！

そして、こんなに船酔いするのに、やっぱり私は船大工と実業家の血筋なんだなあ。こんなとき常に帆をあげるイメージや、海に出る気持ちがふつふつとわいてくる。

ちなみに「恋ってなんですか？」と聞かれたら、私はいつもこのアルバムの中の「アイディア」という曲をあげます。清志郎の歌詞と歌が最高なんだ。

数年前に、仕事上のお金がらみのいろいろな策略と陰謀に巻き込まれて、気まずくなった歳上《としうえ》の友だちがいた。

今月私に起きた事件に比べたら社会性は薄いが、お金がらみなのでそれなりにややこしかった。

私にとって、それはそれはだいじな人だった。

この世でいちばん頼りにしていたし信じていたが、どうやったって誤解がとけない。まあ、しかたないな、そう思ってつかずはなれずたまにちょっと会ったりして過ごしていたのだが、そしてもう戻ることはないんだろうなと思っていたのだが、なぜかこのあいだいろいろな偶然が重なり、ひょんなことからふたりで焼き鳥を食べに行った。なんでそんな運びになったのか謎《なぞ》だったが、深く考えるより前にいつのまにか乾杯していた。

カウンターで並んでくっついて、お店の人ともげらげら笑いながら、懐《なつ》かしくて嬉《うれ》しくて半泣きの私と、落ち着いた私のふたりが心の中で行ったり来たりしていた。

まあ、そうは言っても落ち着いた私のほうが優勢で、そして、昔の幼い自分がいかにその友だちにいいかげんに接していたかわかった。忙しかったり、疲れていたり、おもねってみたり、とにかくキレが悪かったなと思えた。そんなふうになるなら、会う回数を減らした方がずっといいのだ。

ものすごくあやまりたかったことをあやまることもできた。それは人生の後悔の中でもそうとうでかい後悔だった。

昔、行きつけのある店でその友だちをいきなりどなった奴がいた。

「若い若いって、くだらないこと言うんじゃねえ！　あたしは若く見られたいなんて全然思ってねえんだよ！」って。友だちが「あなたほんとうに若いわねえ」と言った直後のことだった。私の友だちを嫌っていたのだろうし、酔っていたのだろう。

そいつがその直後に私には急に、

「まほちゃんのくれるものって、いつも私にとっても合うの〜ん」と笑顔で接してきたので、私はびっくり&めんどうになって、うまく笑顔で流してしまったのだ。

今の私ならためらいなく「私の友だちにくだらないこと言わないでくれ」とすぐ怒って「店を出よう」と友だちの手をひいて店を出ただろう。でも、その日はそのどなった奴の誕生日だったから、ついひいてしまったのだ。瞬間の判断の誤りだった。あやまってほんとうにすっきりした。

なんてことだろう、こんなことがあるなんて。

すげ〜、Yちゃんと飲んで帰ってきた、信じられない、なんで急にそんなことになったんだろう？　でもすごい。

そんなふうに思いながら帰りの夜道を歩いて実にハッピーだった。

明日のことなんて思いわずらわない方がいい。なるようになるからだ。なるようにしかならない。

そんなひまがあったら、今目の前の、楽しいことをばりばりやったほうがいい。


高校の修学旅行が飛騨《ひだ》高山と木曽《きそ》路だったというと、しぶいと言われる。しかも私なんて旅行委員だったから冊子なんか作ったりした。その上、なぜか足をくじいて松葉杖《まつばづえ》で委員会に参加して、旅行本番ではいきなりのリハビリで山登りまでしたような記憶が……。

なんで？　なんで京都奈良《なら》じゃなかったの？　と思うんだけど、全《すべ》てをあんまりよくおぼえていない。さるぼぼくらいしか……。それはあまりにも山登りが厳しかったからだ。山登りの日の夜なんて、修学旅行なのにおしゃべりもしないで泥のように寝てつまらなかった。

妻籠《つまご》宿で深夜の公衆電話で彼氏に電話した思い出だけが、星がきらきらで町並みが江戸時代っぽくてちょっとすてきだったくらい。江戸時代には公衆電話ないか！

今回は清水ミチコさんの実家ふきんを訪ねたり、白川郷方面まで抜けて、実に楽しかった。なぜかというと、景色もすばらしいけれど、宿も店もここは北欧か？と思うくらいに家具調度品のセンスがどこもすばらしかったからだ。武器弾薬を作っていたようなお金持ちがたくさんいたからか、不思議なくらいに贅沢《ぜいたく》で落ち着いていて、きらきらしたところだった。

こんなすてきなところで育ったなんて、なんてすごいんだろう。なにをしていても必ず上品さを失わないミチコさんのことがもっとわかった気がして、改めて大好きになった。

有名な白川郷よりも、御母衣《みぼろ》ダムのあたりの水の感じが信じられないくらい美しかった。

あと、そこか？と自分で突っ込みたいんだけれど、旅館の中にある〆《しめ》の麺《めん》どころみたいなラーメン屋の味のレベルが超高く、おやじの顔も実によく、内装も映画のセットみたいにきれいで、関東地方の同じようなお店の千倍くらいセンスがよく、自分の育った文化はな〜んか間違っていると思っていた気持ちが確かめられたのもほっとした。有線の和風お琴のＢＧＭとか、ピンクが入ったソープランドみたいな看板とか、変に白い木のカウンターとか、赤いじゅうたんとか、いまいちだな〜と思っていたから、まともなセンスが存在することがわかると嬉しい。

あともうひとつウケたのは、川縁《かわべり》で鴨《かも》にとちの実せんべいをあげながら、みんなで寝転がっていたとき、さわやかな風が吹いてきたら、うちの子どもがいきなり「きもちよし子〜」と言ったことだ。

我が子ながらこんなにレベルが高く育っているとは、思わなかった（笑）！


「スナックちどり」を読んで、よしもとレズ疑惑が（ただでさえいつも陽子ちゃんやのんちゃんやいっちゃんといるしな）巻き起こっている昨今だが、男が好きな私には実はよくわからなかったからその筋の方に綿密に取材した。「いつどうやって終わるんですか？」「おつきあいのゴールはどこにあるんですか？ 同居？」とかかなり失礼な質問まで。

綿密に取材している最中に体をはるところまではいかなくてよかったけど、よく考えてみたらすごい体当たり取材！

例えばだけど、よくすぐそこでぐうぐう言いながら腹出して寝てるちほ（引き合いに出しやすいよく見る寝姿……）にむらっとくるなんて、私にはどうやってもむり。

なんだかうまく書けた気がしないし、自分でやったことないことを書くのはとってもむつかしいと思った。できれば男女を専門に書いていきたいものだ。

それでも不思議なことに、小説のほうが勝手に場面を要求してくることってある。よく言われるキャラクターが勝手に動き出す的なことでは全くなく、あまりにも切なく淋《さび》しい彼女たちが、あんなにもなんにもない哀《かな》しい場所に行ったら、もうどうしようもなくなって淋しくて淋しくてああなってしまうしかないんだ、と物語は切実に私に訴えかけてきたのだった。

物語の発する本音の声はとても小さいから、よく聞かないと他の音にまぎれてしまう。

でも、そのいちばん小さい声こそが、だいじな声なのだ。気持ちをちゃんとはって自分で考えていないと、キレが悪い状態にあると、聞き逃してしまう。

小説ってほんとうに面白いけどむつかしい。

私の初めての担当さん根本さんが書いた本を読んで、私は不覚にもめそめそ泣いてしまった。この本を読んで泣く人もなかなかいないと思うんだけど。編集者がいかに小説を愛しているかを切実に感じ、背筋も伸びた。

若き日の角田《かくた》さんも懐かしいし、根本さんの教え方も懐かしい。全てが過ぎ去ってしまって、お父さんも寺田博《ひろし》さんももういない。

角田さんと根本さんが「寺田さんはこう言った」って言っているとき、今も寺田さんがいるみたいだった。今にもいっしょに英《ひで》という店に飲みに行けそうだった。

生きのびている私たち海燕《かいえん》（というすばらしい雑誌から出た作家たち）組、寺田さんと根本さんと過ごせた光栄さを武器に、まだまだ書いていこう。

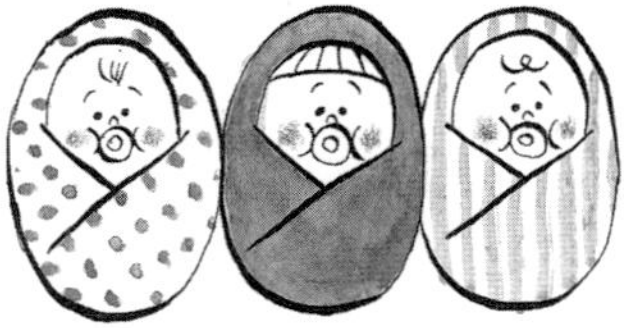

10月
October

10月

今月は人生ではじめてのことが多すぎたから、なんだか知恵熱が出そうだ。

全《すべ》てに突撃して、泣いたり笑ったりしながら駆け抜けた。

七尾旅人さんといっしょに舞台に立ってちょっとだけ歌ったりしたし、スンギくんのライブで挨拶《あいさつ》して舞台の上でハグしたり（みんなごめんなさい、でも気分は甥《おい》っ子みたいなものだから）、大きな才能を隠し持つ凄《すご》みのあるのりピーとごはん食べたり、iTunes の社長さんと激飲みしたり、ヨーロッパで撮影中の菊地凜子《りんこ》ちゃんと毎日やりとりしてセリフをつめた（その映画の脚本を手伝いました）り、バッファロー吾郎《ごろう》Aさんとスナックでばったり会って歌を聴いたりして、まるっきり芸能人みたいな日々……。

そして考えられないくらい忙しい。

なのに、新しい家ではなにもかもがいい具合にひっそりしている。ちっとも興奮したり空回りしないので、なぜか疲れない、少ない睡眠と食でどんどん回転できる。子どもが十歳になったので自由生活を解禁にしたから、思いきり単独で外出している。新しい時代が始まった。

前の家のなにがどうだったから私はああだったのか（具体的に書けずごめんなさい）、今になって秘密がとけるようにわかってきた。

で、具体的には書けないけれど、はっきりとアドバイスできることがある。

どうしても人生を変えたかったら、問答無用でまずいきなり住むところを変え、服装と髪型を変えよう。それで必ず何かが変わる。

本田健さんのオフィスで偶然に出会い、SONYやワーナーにいた頃CHEMISTRYや絢香《あやか》さんをプロデュースしていて、今はアウトドアのお仕事をしているよっすん、四角大輔《よすみだいすけ》さんと友だちになった。これまで知らない人だったとは決して思えないほどの、ものすごい意気投合ぶりだった。

彼がニュージーランドに移住するまでのすばらしい話を聞いていたら、どんどん力がわいてきた。

「理由はいらない、これだと思った方向に思い切って変えてしまったら、答え合わせはあとからついてくる」とよっすんはまっすぐに言った。私もそう思う。

きっと聞きたい人も多いと思うから、スンギくんのことを少し書きます。

今回、芸能界のお仕事を本気でするにあたって、はじめはたくさんの不安があった。

しかし、ほんと〜うにたいへんだったけれど、ほんとうにやってよかったと思った。

なにぶん私はのんびりした出版界でのほほんと暮らしている。契約ってなんですか？　お金？　そんな言葉口にするのは下品なことかしら？　そうですよね、ではおいおい考えましょう……くらいゆるい世界だ。

取りにいくことがない世界なのだ。

オレ（笑）は正直、それに退屈していた。

アミューズの強者《つわもの》たちが企画を持ってドドドといらしたときには「これは、どうなんだろう？」と思った。私の常識でははかれない違いがたくさんありそうだったからだ。私にももちろんエージェントがいて、そもそも私があることで多少もめていたマガジンハウスもからんだのでいろいろ難航した。

しかし昔からいつもしっかりそこにいてくださるあの有名なかっこいい編集者、林真理子さんのエッセイで有名な、超優秀な鉄尾さんが出てきたあたりから、全てが急に現実に向かって流れ出した。

これは、私と鉄尾さんが昔連載時に作った信頼関係がものを言ったんだと思う。誠実に仕事をしてきてよかった。

さらにスンギくんの所属しているフックエンターテインメントの人たちも、はじめはけげんな気持ちだったと思うが、体当たりでぶつかっていったらすぐわかってくださり、どんどん近しくなった。代表のクォンさんには、もはや惚《ほ》れたといっても過言ではない。かっこよすぎる。

とにかくみんなが「イ・スンギ」というプロジェクトに向かって心をこめて同じ方向を向いていることで、ほんとうになにかすばらしいものが生まれた気がする。

はじめは「こんなゆるい詰めでほんとうに大丈夫？」と思っていたのに、芸能事務所の人たちは最後の最後でものすごい集中力を出して現場を完成させ、それに関してプロだった。共に考え続けたアミューズの市毛さんの常にはりつめているキレとセンスの良さ、奈美ちゃんの決して言い訳せずまっすぐ歩む態度……すごく勉強になった。

アミューズの人たちとフックの人たちを、大好きになった。なんと激しく仕事に賭《か》けていくのだろう、そしてゆるむときはなんてみんなかわいらしくゆるむんだろう。

いろんな人が関わる現場というもののよさを改めて知ったし、それだけ大勢の人の思いを背負って舞台に立つというのがどういうことなのか、わずかながら理解できた気がした。

いつも観客の前で笑顔のスンギくんが、にこりともしないで必死でリハをする姿を見て、ちょっと涙が出てきた。

スンギくんはたったひとりでみんなの期待に応《こた》えるだけの才能があるので、常にその全員のパワーを受け責任持って生き生きと輝いていた。

あんなすごい才能に出会えて、同じ時代にみんなで応援できて、ほんとうに嬉《うれ》しいとしか言いようがない。みんなでスンギくんに関わりながら年を取っていくのは幸せなことだ。

私の原作で彼が映画に出る、という大きな夢の第一歩を踏み出したと思う。

実際、私の文章を朗読しながらいつもより少し繊細な感じの演技をする彼を見ていたら、それはもはや映画みたいなもので、すでに叶《かな》っている気さえした。

スンギくんが私の「九家《クガ》の書」OSTについてきたガンチの数珠《じゅず》（取ると獣になってしまう設定です）を見て「ああっ、それは取らないでください！」と言ったことか、

「どうしたんですか？　今日はきれいですね」（なんだか『は』が気に入らないんだけど）と言ったこととか、
ハワイに行ってハナウマベイで説明のビデオを見てまで海に入ったけど水がにごってて魚が見えなかった話とか、

「最後のその一言」という歌はいろいろよくばりすぎて作ってしまったから少し後悔してるとか、

「韓国ではたくさん泣くといい演技と思われてしまうけど、そこ以外を見てほし

い」とか、

私のイ・スンギチャラチャラストラップ（たくさん写真がついています）を見て、ご本人が「あ、これがいちばん古い写真。あとはちょっと……わからないけど、とにかくこれがいちばん前」と言ってくれたり、

「えーと、好きなタイプの女性は……とにかく顔がきれいなら！」と身も蓋《ふた》もなかったり、

数日の間には、そんなちょっとしたいい話がいっぱいあった。

でもそういう普段のスンギくんと舞台の上、演技の中のスンギくんはやっぱり違う。

舞台に出たりカメラが回ると、スンギくんはしゃき〜んとして、いきなりなにかが天から降りてくるのだ。

それが才能というものなんだ、と思った。

ちょうどちほがハワイから来日していたので、もと現場（ちほはよっすんと同じくSONYで映像ディレクターとかプロデューサーをしていたから、とにかく現場に慣れている）のよしみで、チマチョゴリに着替えるのを手伝ってもらったり、い

っしょに舞台袖《そで》で待ってもらったりした。

今は写真家としていっしょに本を作ってるちほだけれど、ちほが音楽の現場にいるところを見たことがないから、楽屋口にすっと立っているあくまで裏方の顔をしたちほを見ていたら、胸がいっぱいになった。

今となっては、ちほちゃんとぎゅっと手をつないで、出番前にドキドキしながらスンギくんを舞台の袖から見ていた、あの不思議な特別な瞬間がなによりも嬉しく切ない。

ちほちゃんの小さくてあったかい手を覚えてる。

見上げたスンギくんの透明な瞳《ひとみ》を覚えてる。

一生に一度の体験だと思う。

飛び込んでみたら、芸能界は大きなお金が動く分、いろんなことがはっきりしていてとても気持ちがよい。

私はこれからどこに行くんだろう、きっとまた新しい世界に武者修行に出るんだろう。

スンギくんに関して、私は幸せな一ファンを超えてしまったかもしれない。もっと直接的に役に立つ人間になって、これからも力になっていく立場になってしまった。

しかし、気持ちはいつもファンの人たちに寄り添っている。悲しい夜、面白くないことがあった日、スンギくんの動向や歌やドラマに一喜一憂して、友だちとそのことをおしゃべりして、スンギくんに力をもらって、それぞれの日常を歩んでいる、そんな人たちと私はなにも違わない。その人たちの気持ちを常に必ず背負って、彼らの前に立とうと思う。

自分はそもそもいったいどういう人間で、どういう見た目になって、なにがしたかったのか?

その夢の基礎を作るのはもちろん子ども時代だ。その人が持って生まれた魂に、子ども時代だけが色と形をつける。

私は七十年代に育ち、すばらしいヒッピー&エコロジカルカルチャーにたくさん触れた。

それからオカルト的なものにも深く影響された。

人類が宇宙にも未来にもいちばん夢を見た時代の子どもだ。

そんな全《すべ》てをいったい、どうして忘れてしまっていたのかわからないが、恐ろしい過程を経て急な引っ越しをしたら、なぜかいきなり自分のところに自分が戻ってきた。

親を失ったのも大きいかもしれない。もう現実的にだれかの子どもでいなくていいというのも。そして親を失ったショックから一年で少し立ち直ったのだろう。姉にも同じことが起こっているので、よくわかる。私たちはいきなりなぜか子どもの頃の私たちになった。よりパワーアップしているが、あのときと同じ瞳でお互いを見るようになった。

そして、自分に自分が戻ってきたら、信じられないほどのパワーがわいてきた。

今までいったいなにをしていたのだ？　なんで自分のパワーを薄めてきたのだ？と驚くばかりで、まさに目が覚めた感じだ。

私はもう五十になるところだから、がつがつ仕事をしたりキャリアを延ばすことは片手間でいい。手は抜かないしクオリティも落とさないが、多作でなくてもいいし、これまでの経験で他業種（スンギくんや凜子ちゃんのような）の人を助ける仕事もしていくだろう。人前に出る仕事もがんがんやっていくだろう。お金ももちろん稼ぐだろう。

若い人を助けたいし、なによりもとにかく若い作家を増やしたいし、このよくない時代の日本を精神面で少しずつ変えていきたい。会長や兄貴という同じ志の仲間もいる。

その途中でなにかがあって死ぬかもしれない。

しかし、自分でないよりはなんでもましなのだ。

四十年間も自分を見失っていたのはもったいないが、その間積んだ経験がものを言うわけだし、とにかく間に合ってよかったと思う。

とは言っても、私はしっかり系や派手系では全然ないから、いつもなにかをじっと見て、自分なりの感想を頭の中でごそごそと小さくまとめているだけだ。

内気で、のんびりしていて、自分なりのことができたらいつだって幸せなのだ。

あらいあきさんよりも私はずっとはっきりしていて外交的に見えると思うけど、

最近「チュウチュウカナッコ」と「ヒネヤ2の8」を読んだら、信じられないくらいはまってしまって、泣いたり笑ったり大騒ぎ。

カナエカナコはまさに私だ、と思ったし、ほんとうに優れたまんがだから、きっとそう思う人がいっぱいいいるんだろうな。

あの中で暮らしたい……！

とにかく、おいおい小説ではっきり書いていくが、私は近年やっと人生の秘密とその回答にアクセスしたと確信している。

ズバッと確信を持って迷わずにこういうのを他の人にシェアすることこそが、私の仕事の意味だと思う。

みんなが自分に戻れるように。この大きな力を味わうために。


元an・anやGINZAの編集長を務められた淀川美代子《よどがわみよこ》さんという女性がいる。

今はMAISHAというインテリアの雑誌を手がけておられます。

とにかくセンスがいい人で、その気品のある佇《たたず》まいに二十年前に一目《ひとめ》惚《ぼ》れして以来、ずっと尊敬している。

私にない上品な女っぽさとはっきりした物言い、礼節と美学がある人だ。

私はいつも薄汚れてずるずるした服を着ているので、ばったり出会うと淀川さんはまず私の頭から足までをさっとチェックして、

「これはひどい……でもまあ、しかたないかもしれないわね、才能があってその上でこういう人なんだから、それを尊重しなくっちゃ、がまんがまん」

という表情になる。

これまでに数回しか同席したことがないが、まあ、いつもそういう感じだった。

私はさすがに自分のだらしなさを反省して、二ヶ月くらいはきちんとしているんだけれど、やはりもともとがだらしないがゆえに、すぐ戻ってしまうのである。

今回出会ったときも、衣装を持っていたから着替える前の服はど〜でもいいやと思って、柄オン柄の安い服にスニーカーであった……。

もうほとんどユーミンの「DESTINY」の世界である。

そしてまた反省して、今はちょっときちんとしているんだけど、夏にはきっとま

たずるずるになっているような気が……。

これからの人生は、

「美代子はどこにひそんでいるかわからぬ。いつ美代子に会ってもよい自分でいよう」

をモットーに生きていこうと思います！

11月
November

11月

今月のいちばんすごかったことは、ダライラマ法王といっしょに舞台に上がったことだろうと思う。

以前国技館でスピーチをしたときは、スピーチ後に少しお目にかかってカター(高僧からさずかる白いスカーフ)をお受けしただけだった。しかし今回は先方が私を認識している状態で対話をするのだから、すごく緊張した。

でも、一生に一度のありがたいことだった。

あの生き方からもらったものを、体をはって下の世代に伝えていきたいと思う。

意外だけれど、法王から感じたのは偉大な僧侶、宗教家の迫力と同時に「親分、会長」という種類の何かだった。

確かにチベットの人々を取りまとめて大きく守っているのだから納得がいく。

私はこれまでにいろ〜んな人に会った。国王みたいな人、様々な種類の大富豪、貴族、作家たち、ほんもののお姫様、大会社の社長、超インテリ、やくざの親分、兄貴や麻雀《マージャン》の鬼（笑）、なんでもいいけど、とにかくすごいと言われる人たち（研究職の人だけは、ノーベル賞的な人にも何人も会ったけれど、少しだけ種類が違う。その人たちは基本的に人間関係をわずらわしく思い決して広めようとしないけれど、研究の世界に深く潜っていくことで、もっと広い場所を知っているのだからむりもない。私は彼らを尊重したいなといつも思う。地上の雑務をなるべく離れて静かでいさせてあげたいし、もっと潜ってほしい。それが人類の存続にとって大きな鍵《かぎ》になるように思う。そして、明らかに森博嗣先生もこの種類に属してると思う……）。

例外なく、大勢を取りまとめながら社会に関わっている人は、みんな同じ大きな温かいオーラを持っている。みんなサイキックだし、バランスの取り方が絶妙で、決して慣れ合ったりしないし人情では動かない。それからどんなときでも自分の直感と判断を信じている。

彼らを見ると、自分はまだ未熟だがこれからあんなふうになっていきたいという道が急に光に照らされるような気がする。

若い人にとって私もそうでありたい。

法王の手はとても柔らかくて温かかった。

私もああいう手でありたい。


対談の前日の夜京都入りして、おおきに屋さんでおいしいお酒を飲んで、望月さんの作るすばらしいごはんを食べて、京都のまゆみちゃんにいろいろな紅葉スポットを回ってもらいながら、夜遅くホテルについた。

朝起きて、宝ケ池を歩いて一周した。

それはそれは美しい朝だった。紅葉が池をふちどり、木々が池に映っていた。あんな美しい池をふところに抱いている京都の底知れない深みをまた知った。

子どもの頃、姉が白川通りのそばに下宿していたからしょっちゅう宝ケ池でボートに乗った。そんな楽しい思い出もよみがえってきた。あの日と全く変わらない池の様子が不思議だった。京都ではいろんなものが空気ごと保存されているみたいだ。

姉の自転車の後ろに乗って京都中を走り回ったこと。帰りは父が必ず東京駅の改札まで迎えに来てくれたこと。

この同じ空のすぐそばにダライラマ法王がおられるんだなあと思いながら、気合いを入れつつ朝陽の中池のほとりを家族で歩いたことが、なぜかいちばん心に残っている。

ホテルで朝食を食べていたら、チベットの僧侶がぞろぞろ降りてきて、めっちゃたくさんのマフィンを食べていた。

ああ、お坊さんがいるとそれだけで、尊敬できるような、包まれているような、ありがたい感じがする。こんな気持ちを日本のお坊さんにはめったに持てない。悲しいことだ。

「う〜ん、これは……このホテルにダライラマさまがいるのね！」

と思って、あとで精華大の担当の人に聞いてみたら、

「そうです、しかしトップシークレットですよ！」

と言われたが、あれじゃあバレバレじゃん（笑）！

そういうのどかなところが大好き、チベットの人たち。

自分で言うとどんどん価値が下がってくるのはわかっているんだけれど、区切りだからちゃんと言っておきたい。

「花のベッドでひるねして」という作品は、自分が五十年かけてたどりついたひとつの果て、ある意味最高傑作だと思う。

父の死の直後にイギリスに行ったとき、風がびゅうびゅう吹くチャリスの丘で、神と対話した……と私は思っている。

あの場所にいた存在は、私にはっきりと話しかけてきた……気がする。

内容もはっきり覚えている。

その異様な体験を胸に抱いたまま帰国してから、ぼんやりと、なにも力まずに自分を慰める作品を書いた。

もしも私のお父さんがあんなおじいさんだったら、もっと長く生きたのに、そう思って書いた。

そうしたら奇妙に残酷できらきらした作品になった。

長い間、誤解され非難され続けた私を慰める内容にもなっていた。

私はそのつど怒っては、全《すべ》てのことと男らしくちゃんと闘い続けていたけれど、心の中ではもちろん静かに悲しんでいた。

その悲しみだけが、私だけの宝物だった。

私の中のいちばんきれいで無邪気なもの、いちばんいい部分をごまかさずに書いた。

もうお父さんは読んでくれなかったけれど、この世でいちばん尊敬している人たち、桜井章一会長と森博嗣先生が、この作品をすごくほめてくれた。

だから、もうほんとうはなにもいらない。

私は長い時間をかけて私に戻ってきて、輪は閉じられた。

このまま、引退してしまいたい。

でも、まだ少しだけ、弱っている日本のみなさんのために、力を与えたり、慰めたりできることがあるかもしれないから、少しずつ、前に進んで行こうと思う。次のポイントを目指して。

というのも、森博嗣先生の「赤目姫の潮解」を読み返していたら、私のいちばん好きなテントのシーンの文章の美しさ、悲しさ、完璧《かんぺき》さにやっぱり鳥肌がたったからだ。

もうこんなのがあったら、書かなくてもいい、読むだけでいいって、実はたまに思う。

村上春樹先生の作品に出会っても、たいていそう思う。

他の方たちでも、自分が好きなタイプの作品に出会うと、いつもそう思ってしまう。

羽海野チカさんの真摯《しんし》で知的な姿を見てもそう感じる。この人が描いていたら、私はもういいなって。そんなすごいチカさんおすすめの花沢健吾《けんご》先生のマンガも全部すごくって、絵がすばらしく映画みたいで、内容もど迫力で、日本人ってやるな！　と思った。

そんなみんなといっしょに私もまだまだ、のんびりでもいいから書いていきたい、そう思った。

今月もいろんなことがあった。

やっと大神《おおみわ》神社に行けてお祓《はら》いも受けてすかっとしたし、稲熊《いなぐま》さんちのおいしい魚や野菜をたくさんいただいた。

それから地元が足寄《あしょろ》の千鶴さんのものすごく親切な案内で、はじめて十勝に行った。

とにかくいいところだった。空が広くて、土が真っ黒で、温泉は広くほかほかで、なにを食べてもおいしくって。

そのあとは京都に行き、ダライラマ法王にお目にかかり、久しぶりの人たちや近所の友だちが一堂に会して笑顔でいるところを夢みたいに見ていた。

だいたい法王の周りの僧侶の方々も私にとってはいつも映像や写真で見る憧《あこが》れのアイドルのような方たちで、私にとっては「嵐《あらし》」の人たちをいっぺんに見たみたいなもの（笑）！

死ぬときってこういう感じかしら、高僧もいらして、風景がきれいで、友だちがみんな集まってくれて……なんて夢見ながら、取り急ぎ打ち上げは蛸虎《たことら》にたこ焼きを食べに行った。めっさ緊張していたので、そしてSPたちの迫力にドキドキしていたので、人生最高のビールだったかも！

気のいいまゆみちゃんが、毎夜なんの力みも恩着せがましさもなくさらっと食事どころの席をとっておいてくれたから、気持ちよくたこ焼きを待ったり飲んだりできたのも幸せだった。

まゆみちゃんはいつもそうだ。

私だったらいらいらしたり、どきどきしたり、あの人はこうだとか、この人がこうしてくれたら時間が節約できるのに、とか思ってしまうところを、なにも考えずにフィジカルに、そしてアーティスティックに行動する。己にぶれがない。

「ほんとうは明日登山なのに、唯一《ゆいいつ》の登山靴がぱかっと割れたから、近くで登山靴買おうと思って靴屋にいたんだけど、まほちゃんからたこ焼き行かない？　ってメールが来たら、靴どころの気分じゃなくなって、タクシーにぶつかりながら止めて蛸虎に走った」

って、靴なくて登山大丈夫だったのか（笑）？

そんなまゆみちゃんは、いつ見ても輪郭がくっきりとしていて、声がすっきりしている。ほんとうに尊敬してる。

それから月末にはソウルに行って、スンギくんのライブを見た。いろんな人が優しく声をかけてくれる中、和やかで活気があって、スンギくんは大人っぽくなっていて、とてもいいライブだった。

私は全部の曲の中で「最後のその一言」という曲がいちばん好き。スンギくんが作った、歌詞も曲もいいし、ドラマ「九家《クガ》の書」の切ない内容にもとても合っていると思うからだ。ちょっと冗長だったけど、あのドラマには私の好きなテーマがみんな入っていたから、特別大切に思っている。

うちのハンサムな黒犬コーちゃんにたまに「ガンチや〜」と呼びかけてみるけど、いっこうに人になる気配なし！

で、そのすばらしい曲を最後に歌ってくれたので、涙を流して喜んだ。もう言うことなし！

寒い寒いソウルの街を歩いて、カンジャンケジャンを食べたり、出版社の人たちと味噌《みそ》グクスを食べたり、ちょっとだけロッテ遊園地に行ったり、韓国にいるだけで幸せ！

そしてうちの子どもったら、スンギくんのママにおこづかいをもらっていた……。

ちょっとだけご挨拶《あいさつ》させていただいたスンギくんのご両親は、ほんとうに品のよい人たちで、地味な服装なのに全てがきちんと整っていて、ふたりとも内側からきらきら美しくて、静かで、声がきれいで、ああ、こんなすごい人たちから彼が生まれたんだと思うと感動してしまった。

そして、プロカンジャンケジャンのたこ刺しはなんとまだ生きていて、みんな動きながらどんどんお皿から出ていってしまうので、恐ろしかった！　すごくおいしかったけど、とにかく恐ろしかった！

12月
December

12月

これまでいちばんよしとしていた価値観をみんな捨てるときには大きな勇気がいる。また、これまでしてきたことを全部変えるのだから、これまでのあやまちが全部自分に襲いかかってくる。

しかし、そこで力まずに、かといって勢いをつけすぎずに、でも勢いを失わずに一山超えると、知らない景色が開けている。

それは、これまでの自分が実はいちばん見たかった景色なんだと思う。

ある特定の生き方や信条を大切にしていると、それを実践しているときの垢《あか》みたいなものがだんだんもやもやとたまってきて人生の足を引っ張るようになってくる。

だからたまに変える必要があるのだろう。

変えながら自分の人生をカスタマイズしていくのは、天から命をもらったものの義務であり、人生の意味だと思う。

そしていろんな形の人生を味わうことが大切なのだろう。

それをしているうちに、どの人生も大差ない、大差あるのは生き方だけだということがわかり、他を認めることができるようになる。他を認めるということは、やたらに包んでムリして許すことではないし、他に合わせることでも、全部受け入れることでもない。

「そういうのオレは大っ嫌いだけど、あんたが好きなら別にやっときゃいいんじゃね？　オレは関係なくおやつでも食ってもう寝るわ」

ができるようになるということだ。

「そんなにひんぱんに人生観変えちゃって、自分がわからなくならないですか？」

いやいや、そんなことぐらいで人の真の個性は消えない。

反射的に考え、行動し、振り向かない。そのかわりそれで生じた痛みはみんな引き受ける覚悟をする。未来のそのときの自分が絶対なんとかしてくれると信じる。そのためには、ふだんからおのれを信じられるよう、自分をだらしなくさせるものに接しない。

それが心の断捨離だろう。

ものを捨てたり、生活をシンプルにしている人はたくさんいる。

しかし、心の中のそういった大掃除をする人はとても少ないように思う。

私は普通の目でものを見ていない。それから頭でも考えでも見ていない。

そういう人はたくさんいるから、通じる人には通じると思う。

オーラでもない。でも「気」はちょっと近いかもしれない。

これこそがドンファンのいうところの、トナールなのかもしれない。

クリーンでしかたなく見えるぴかぴかの自然食品店やレストランのカウンターや従業員や食べ物が、なぜかねばねばしていたり、ドロドロしているのはよくあることだ。

ホームレスのおじさんに食べ物やお金を渡すことはあっても、いかに優しい気持ちを持って見ても、その人の重ねてきた人生の汚れで見た目のまま残念な気配のことはかなり多い。

アル中の人は、なんだかいろんなものがたら〜んとしずくみたいにたれているように見える。うちの母はある意味立派なアル中だったけれど、母だからひいき目に見てるのではなくて、なぜかそう見えなかったから、母のお酒はまだ薬の域だったんだろう。

犯罪者は顔の左右が少し違っていて、目だけが鋭くて、あとはギラギラっとしてさらにねばねばしているからすぐわかる。

ものすごくきれいでも蛸《たこ》みたいな触手を常に人にぐるぐるからめてくる怖い宇宙人にしか見えない人もいるし、こりゃすごいなというような変な造作の人でも天使に見えることもよくある。ダウン症の人はたいてい天使だ。

あまりに前向きすぎる人と話すと顔が痛くなるし、後ろ向きな人といると体が逃げていつのまにか耳をふさいで帰宅している（笑）。

野心家は顔が強く白くもしくは赤く前に出て見える。

毒舌家で心が淀《よど》んでいる人は病気の顔色だし、そうでない人は神職みたいに清く光っている。

私みたいにもごもご声を届かせないでしゃべる人は、内気でプライドが高いし、大勢になにかを見せたいと思っていない。逆にはきはきしゃべる人は、深く考えるのが苦手。

秘密のある人は顔の回りがすごく濃い色をしているか、考えないようにしているから真っ白く透明になっているかのどちらか。

金銭面でたくらみのある人は、前は完璧《かんぺき》だが背中を見ると隙《すき》だらけ。

頑固で意地っ張りな人は、はっきりと声を出すしその声が直線になってまっすぐ前方に進む。

うそばっかりついている人とか人を操る人といると、その人がどんなにいい人風で、その人がどんなに自分でそれを真実と信じて自分までだましていても、なんだかわからないけど首の向きをぐっと固定されているような、頭の上のほうだけがご機嫌で意識は逃げ出しているような、血がのぼった変な状態になるからすぐわかる。

私のものの見方は、一歩間違えば病院行きの可能性があるくらいだが、実際に役に立つことが多いので、おのれに見えるものを信じている。

ただ、人には決して押しつけないようにしているし、プロのサイキックじゃないから責任も取れない。アドバイスを求められなければめったなことでは言わない。

だから、

「自分にはこう見えるから、自分はこうはしない」

それだけのシンプルなことだ。

そして、そういう言い方で相手の存在をたとえ悪者だなと思っていても認めていると、相手も単に認めてくれるようになる。これこそが平和っていうものだと思う。戦争でないだけで、いい感じだったり雰囲気がピースフルなのではない。ただ、お互いがいる、いやだけど、いるのはしかたないだろうな、それだけ。でも、それでいいんだと思う。

だから、私には世の中の価値観が逆に全然わからない。

かなりとんちんかんなんだろうと思うし、儲《もう》からないわけだ（笑）！

ただ、こういう人が役に立つということもあるんだろうと思うから、言ったり書いたりしているのだ。

「じゃあ、よしもとさんのまわりには完璧に気がきれいな人しかいなくて、よしもとさんも武道の達人みたいなものですね！」

と言われると、それはそうではない。

まあ、汚れや意図や秘密を持っている人はなんとなく気が合わなくてはじかれやすいというのはあるけど、おおむねのところ、私も酒ばっかり飲んでだらーんとしてるし、みんなぐちゃぐちゃに汚れてる、だからまあお互いさまだろうよ、と思う。

それでいいんじゃないの？　人間なんて、と思う。

ただ、生まれてきたのは、自分の一存ではないと思っている。ひとりでやってきて、ひとりで消えていく宇宙の中の小さな光、それが自分だ。だとしたら、それを育《はぐく》むのは、やっぱり生まれてきた意味の全《すべ》てなのだ。自己実現とか幸せとかそういうことではない。持って生まれたものを磨くだけのゲームなのだ。

なるべくカスタマイズを進めて、かなりいいところまではやったな、と思って死にたい。

だからこそ、自分に見えるものを信じて、行動していきたい。

読者さんたちや信者さんたち（笑）にはその生き方をまねるでもなく、私の指示を仰ぐでもなく、私を妬《ねた》むでもなく、それぞれの人生の中で個別の形で小さく発酵するかわいいパン種みたいなものだけをあげたい。

お金の話を少しだけしようと思う。

ここではなるべく大勢に私のよいと思ったものをシェアしたいから、いちおうアフィリエイトでリンクをはっているけれど、そんなことではなく、この欄を有料メルマガにすればいちばん早く儲かる。

お金を払って特別な情報を得るという気持ちに読者さんたちもなるし、私も潤《うるお》う、それはそれは合理的に見えるし、確かなことだ。

しかし、あるものを得たらあるものを必ず失う、そのことに思い至る人はなかなかいない。

ここが無料で、みんながひそかにバンバン英訳したりコピペしたりしていることで、リスクをおいながらもなにかを得てバランスしているのはそれをしてるみなさんだし、そのことでいちばん宇宙を広げているのは私だ。シェアしたことがいちばん望む形で人の役に立っている、その恩恵を宇宙からこうむっているのは私だ。それはお金には換えられないものなのだ。

力にはいろんな形がある。お金という形態はそのたった一種類だ。

お金に換えた時点で、それはお金以上のものにならなくなる。

でも、お金は必要だから、そうするのだ、というケースももちろんある。

そのバランスを考えることだって、人生のカスタマイズなのだ。

ノイズは減らした方がいいが減らしすぎると弱っちくなるし、クリアなほうがいいがクリアすぎると目が曇ってくる。

全てはバランスで成り立っている。全くよくできているこの世のしくみ、人間社会なんてその小さな一部なんだな、と思うことが多い。


通称「今月のオレ」であるところのこの「人生のこつあれこれ」はいったん今年で終わる。

来年のこの欄はほんの少し姿を変えて、別の形で本になったり電子書籍になっていく予定です。

いろんなことがあった期間、この場所を訪ねて来てくださって、ほんとうにありがとうございます。

ある国のある場所に、なんでもかんでもわかっちゃう占い師がいる……としましょう。お問い合わせには理由あってお答えできませんので、架空のこととしておきます。

立て板に水みたいに、ほぼ真実であることをどんどんしゃべることができる。信仰もあつく、いい人で、たくさんの人を救ってきたすてきな人だ。

実際、抱きしめたくなるくらい、かわいらしい、すてきな人だった。

その人の周りにはその人に注がれたお金で食べてる人がたくさんいた。その人たちはごうつくばりな顔と意地悪い目をしているか、その人に力を全部あずけてイエスマンになっていた。

私だって、一歩間違ったら、周りはそんな人ばかりなはずだ！　ぞっとした。

その人が立て板に水みたいに、私のこれまでの人生やこれからのことをズバズバ当ててきたとき、驚かなかったと言ったらうそになる。

反感は持たなかった。

そうかもしれないな、このまま行ったら、きっとそうなるんだろうな、そしてその中でも私は生きてくんだろうな、そう思えた。

でも、ちっとも興味が持てない未来だったのも確かだ。

その前後に、私は偉大な小説家にたまたまふたり会う機会をえた。

ひとりは鉄道模型が好きな真に知的な偉大な人（笑）で、もうひとりは私の道の全て先を行き、道を開いてくれた尊敬する大先生であり、同じ時代でなんとなく魂がつながってると感じてきた人だ。

だれですか？　というお問い合わせにもお答えできませんので、ご理解下さい。敬語も略します。

ひとりは、小説を書きながら、庭にトンネルを作っていた。

私は小説とこのトンネルが無縁でないことのものすごさをひしひしと感じた。その粘り、エネルギーの大きさ、評価を求めない潔《いさぎよ》さ、苦労話を言わないことの偉大さ、そういうものがなにかの塊みたいにぐわっと迫ってきたのだった。

ひとことでいうなら、蒸留されたものとか、真の意味での清潔さみたいなものだ。

もうひとりの方とは、ただ世間話をしただけだった。

しかし、こんなすごい迫力を持った人は、映像で見た川端康成くらいしか知らない、という感じだった。なんだ、この人、すごい濃厚で、研ぎすまされていて、でも子どもみたいなところもあって、「気」が強すぎてまるでＣＧみたいに見える。そう思った。こんな人が先にいるなら、私もまだまだ進める。

先に書いた先生の作ったトンネルを見たことと、後に書いたその先生と三十分いただけで、私は立て板に水の占い師が言ったことを全てすっかりきれいに忘れた。

そして、小説書こうっと、ものを書こうっと、と思った。シンプルにそう思った。未来？　金？　子どもの将来？　恋愛？　そんなことなんでもいいや。そのときの自分がなんとかやるだろ、そう思った。

それが人生だ。決めるのはいつも自分。

よく知らない占い師にあずけてはいけない、いちばんだいじなものを。

2014年はどんな年になるでしょう。

力まず、だらっと、のんびりと、でも気持ちよい、そんな年にしていきましょう。

対談した齋藤陽道《さいとうはるみち》くんのすばらしい写真展（カタログに私の文章も載っています）や、そこで出会った福顔の別府くんのサイト、京都のまゆみちゃんや竹林さんが関わったベニシアさんの本など、今月触れたすてきなものをいくつかリンクして、お別れします。

「九家《クガ》の書」が日本で放映されることになって、またあのいじらしいガンチやヨウルに会えると思うと胸がいっぱい。今年の私のいちばん泣いたシーンは、ケダモノになってしまったガンチの手をみんなの前でヨウルがぎゅっと握るところ。そのときのスンギくんのすばらしく優しい顔の演技。みんなあんな恋ができたらいいですね！

あとひとこと、清水ミチコさん主催のライブで久しぶりにスチャダラパーを観《み》たら、あまりにも手を抜いていない彼らの人生のかっこよさがにじみでていて、しびれた！　昔しょっちゅうライブに行ってた頃よりもずっとかっこよかった。私もあんなふうでありたい。これからも、いつだって。

一年間、ありがとうございました。

◎紹介・推薦したタイトル一覧

【6月】
「歳月がくれるもの　まいにち、ごきげんさん」田辺聖子（世界文化社刊）
「神様が殺してくれる」森博嗣（幻冬舎刊）
「BANANA TV」http://www.youtube.com/user/bananaytv
「金のなる木の育て方」丸尾孝俊（兄貴）（東邦出版刊）
「バリ島アニキ　幸せ金持ち計画」クロイワ・ショウ、丸尾孝俊（宝島社刊）
「つぐみ」監督：市川準［ＤＶＤ］（松竹）

【7月】
「開店休業」吉本隆明、ハルノ宵子（プレジデント社刊）
「逃げる中高年、欲望のない若者たち」村上龍（ＫＫベストセラーズ刊）
「バケラッタ級の大富豪の成功の秘密！　ホンマもんの成功法則」http://honmamon.tv/

「神様はバリにいる」映画公式サイト http://kamibali.jp
「赤目姫の潮解 LADY SCARLET EYES AND HER DELIQUESCENCE」森博嗣（講談社刊）
「Ron Herman オリジナルトートバッグ」ronherman.jp
「バリ島発オリジナルバッグ sisi」http://www.sisibag.com/
「あたしはなんですか」ゾンビちゃん［CD］（UK.PROJECT）

【8月】

「東京スナック飲みある記 ママさんボトル入りますǃ」都築響一（ミリオン出版刊）
「やせる旅」都築響一（筑摩書房刊）
「スナックちどり」よしもとばなな（文藝春秋刊）
「This is a time of... S.M.L. yoshitomo nara + “graf” 永野雅子、奈良美智（青幻舎刊・品切れ）
Skool（レストラン）1725 Alameda St. San Francisco, CA 94103 tel: 415-255-

8800 http://skoolsf.com/
「フェノミナ（ＨＤリマスター版）」監督：ダリオ・アルジェント［ＤＶＤ］
（Happinet）
「感情を整える ここ一番で負けない心の磨き方」桜井章一（ＰＨＰ研究所刊）
味の店 五味屋（海鮮料理） 静岡県伊東市湯川１－12－18 tel: 0557-38-5327
「歌うクジラ（上・下）」村上龍（講談社文庫）

【９月】

「レザー・シャープ」忌野清志郎［ＣＤ］（ＥＭＩミュージック・ジャパン）
飛驒亭花扇（温泉旅館） 岐阜県高山市本母町４１１－１ tel: 0577-36-2000
http://www.hanaougi.co.jp/
「［実践］小説教室 伝える、揺さぶる基本メソッド」根本昌夫（ＰＨＰ新書）
「ひそやかな花園」角田光代（講談社文庫）

【10月】

「やらなくてもいい、できなくてもいい。」四角大輔(サンマーク出版刊)
「自由であり続けるために 20代で捨てるべき50のこと」四角大輔(サンクチュアリ出版刊)
「デイリーアウトドア 自然とつながって心ゆたかに暮らそう」四角友里(メディアファクトリー刊)
「僕たち、恋愛しようか? イ・スンギ photo story book」よしもとばなな(マガジンハウス刊)
「すばらしい日々」よしもとばなな(幻冬舎刊)
「チユウチユウカナッコ」あらいあき(青林工藝舎刊)
「ヒネヤ2の8」あらいあき(青林工藝舎刊)
「MAISHA No.14」BALS MAISHA 編集部(幻冬舎刊)

【11月】

「極楽バリ島 丸尾孝俊ボーボー物語(1)」中祥人、丸尾孝俊(日本文芸社刊)

「ダライ・ラマ自伝」ダライ・ラマ、山際素男訳（文春文庫）
ダライラマ法王との対談の模様の動画（YouTubeでHis Holiness talk at Kyoto International Conference Centerを検索）
「花のベッドでひるねして」よしもとばなな（毎日新聞社刊）
「アイアムアヒーロー（14巻）」花沢健吾（小学館ビッグコミックス）
「ボーイズ・オン・ザ・ラン（全10巻）」花沢健吾（小学館ビッグコミックス）
「九家《クガ》の書」オリジナル・サウンドトラック［2CD＋DVD］（Loen Entertainment）
マルモザイコ（モザイク教室）京都市北区小山西元町10山下ビル3階　http://marmosaico.exblog.jp/
プロカンジャンケジャン（韓国海鮮料理）ソウル特別市瑞草区蚕院洞27－1プロビル1～5F　tel: 02-543-4126　http://www.prosoycrab.jp

【12月】
「宝箱」齋藤陽道（ぴあ刊）

「別府新聞」http://www.beppusinbun.com/
「ベニシアの庭づくり ハーブと暮らす12か月」ベニシア・スタンリー・スミス
（世界文化社刊）
「つぼやきのテリーヌ The cream of the notes 2」森博嗣（講談社文庫）
「これから、どう生きるのか 人生に大切な9つのこと」本田健（大和書房刊）
「ホ・オポノポノ 誰もが幸せになれるハワイの叡智《えいち》」イハレアカラ・ヒューレン、
カマイリ・ラファエロヴィッチ（宝島社刊）
一般財団法人 東京サドベリースクール http://tokyosudbury.com/
「THE BEST OF スチャダラパー 1990~2010」［ＣＤ］（tearbridge）
「主婦と演芸」清水ミチコ（幻冬舎刊）
「九家の書 ~千年に一度の恋~」ＤＶＤ公式サイト http://kandera.jp/sp/kuga/

あとがき

この形式の本を出すのは、これが最後になります。

すごく長い期間、日記とその月の気づきを書いてきました。今や月末になるとなんとなくそわそわするくらいです。

なぜやめるのかというと、どうでもいい文の中にすごくだいじなことをちりばめるこの方式が、どうしようもなく古く思えてきたからです。新しいものが好きなわけでもなく、人の日記は大好きでくまなく読んでしまうというのに、自分ではもうこのやり方は違うな、と思いました。

少し前からこの形式に違和感を覚え、そういうふうに思っていたので、なるべく日常的なことではなくて珍しい体験を書こうと心がけました。

わけてもダライラマ法王にさしでお目にかかるなんて、一生一度のことだと思います。

記録ヴィデオを見ると面白いくらい挙動不審な私が映っていて、よくSPに取り押さえられなかったな！　と思うくらいであります。みなさんひやひやされたのではないでしょうか……。

あまりにもダライラマ法王が穏やかなのでふと忘れがちなことですが、ダライラマ法王は故郷を追われ、自分が生まれ育った愛する国に帰ることができないままでいるのです。そして、自分の大切な人たちが殺されたり、拷問《ごうもん》されたりするのを、自分の大切な場所が破壊されるのを、ずっと近くに感じてきたのです。

そんな人にエゴ丸出しの質問はとてもできませんでした。ダライラマ法王から見たらきっと、私たちが自分の生まれた土地に住めて、ごはんを食べたり、好きなことを話せたり、行きたいところに行ける、それだけでも幸せなんです。

そのことに関して、決してダライラマ法王は怒りを見せたりしませんし、そのことを忘れて無邪気にふるまう私たちにイラっとしたりもしないです。

ただ、いつも彼の中で冷静に燃えている、許しの大きさに比例するある種の怒りのようなもの、母国を想《おも》う執念のようなもの。それは触ればやけどするくらいの迫力でした。私のつたない話に耳を傾けて優しくうなずいてくださいましたが、私はとなりでずっとその温かさと同居している強烈な炎を生々しく感じていました。

だれかがあれほどまでに抱いている正当な思いが、いつか叶《かな》わないはずがない、そう信じています。


日々気づいていることを小説には盛り込みきれないから、きっとまた違う形でこのようなことをやると思います。

おまけの「Banakobanashi」は元グリオという名前だった会社の人たちとはりきって仲良く作ったのにちっとも売れなかったアプリです（笑）。これは逆にちょっと時代が早すぎたかな……と思います。

あまり多くの人が読まないと思い、思う存分自分らしく書いたので、かなり気に入っています。両親のいた最後の日々の雰囲気もよく残っていると思います。

ずっとずっと長い間、この文庫シリーズにつきあってくださったみなさん、ありがとうございました。

私はいっそうシンプルな人生をシンプルに歩んでいきます。この世は複雑きわまりないですが、自分をシンプルに保つことは不可能ではありません。もしみなさんがそれにつまずきそうなときは、こうしてでこぼこしながらもシンプルに人生を生き抜こうとしている私がいることを思い出してください。

ずっと手伝ってくれたよしもとばなな事務所のみなさん、ありがとう。

古浦郁さん、いつもていねいな編集をありがとうございました。

望月玲子さん、ずっとかわいいデザインをありがとうございました。

そしてそしてなくてはならなかった山西ゲンイチさん、長年ありがとう。またいっしょになにかやりましょう。

２０１４年２月

よしもとばなな

著 者
よしもとばなな
イラスト
山西ゲンイチ

ことは、通りゆくいろいろな人を見ること。川みたいに流れている人たちに、同じ人はだれひとりとしていない。みんなそれぞれの人生を小さく表現しながら、通り過ぎていく。ちょっと足を止めたり、おしゃべりしたり、ゆるやかな流れ。

立ち寄ってくれたその子は大きな病気をしたばかりで、日光をさけるために手袋をして帽子をかぶっていた。夏場だからかなり目立つかっこうだったけれど、帽子の下の笑顔はゆでたまごをむいたみたいなぴかぴかの生まれたてだった。すわりなよ、と私は椅子《いす》を出した。細い肩、白い肌。失われなくてよかったなあ、今ここにいるなあ、と思いながら。

そこに通りかかった男の人が、大きな声で彼女の名前を呼んだ。

生きてたんだな、病気したって聞いて、心配したけど、生きてたんだ！　今、生きてるな、俺たち。

そう言って、顔をくしゃくしゃにした。

彼女は私に言った。この人は白血病やっちゃってね。

そして彼女は彼に、生きててよかった、お互い生きてるよ、うん、と言った。

彼は泣き出して、ふたりは手をとりあって、泣いていた。

大勢の人がぎょっとして彼らを見たけど、彼らは子どもみたいにきらきらして泣いていた。

往来も、手袋も、泣いてることも、ちっとも恥ずかしくない、だって人のために生きてるんじゃないもん、今できることをみんなするから。そう決めたから。

彼らはそう言ってるみたいに思えて、すがすがしかった。

生きる

その日はフリマにお店を出して、忙しくしていた。

太陽が照りつけるなか、人々もまっさらに照らされていた。

道を行く人ってほんとうにいろいろ。昔、カフェで働いたときからそう思っていた、お店をやっていていちばん楽しいよく、手紙やメールでいろいろほめたあとで、「とはいっても僕にはできませんけど！」とか「まあそんなきれいごとではないってわかってますけど」とか書くのは男の人が多く、これは意地悪というよりもプライドがひねくれた形で発現したもので、ある意味かわいい。

そして女の人で「それはあなたが恵まれてるから言えるんだよね」とか「私は○○じゃないからできないなあ」とちょこっと書いてくるのは、プライドではなくねたみなのである。

ひとことでいうと、いろいろとりつくろっていても、みんな中身丸出しで生きてるのだ。はだかよりも恥ずかしい。

人間は奥深くて、その沼の底にはもっともっと深いどろどろがあり、そこまでかきまわしちゃうと、お医者さんにもヒーラーにも手が出せない。

でもつきつめるとみんな親との関係から来るくせみたいなものだから、ある意味単純なものだなあと思う。

人間は人間から生まれて、人間に影響されて、人間になっていく。

その連鎖は止まらない。でも、みんな生まれたときにたったひとつ、その人だけのだいじなものも持ってる。しょせんいじわるといっしょにだけど。

いじわる

観察してみると、いじわるには、いじわるのためのいじわると、反射的ないじわるがある。

男の人は、意外に後者が多い。

女の人で、いじわるのためのいじわるの連鎖に入ってしまっている人は、とても気の毒だと思う。

雨がさらさらと木の葉を洗っていようと、風がふんわりと部屋を抜けていこうと、頭の中は複雑ないじわるの沼にひたっている。

みんなが内心その人のことを「めんどうな人だな」と思っているから、ものごとがスムーズに運ぶことはなくてますます悪循環に。

ずっと、こつこつと、毎週土曜日うちをそうじしてくれているその人との長年のおつきあいがあるから、大好きなその人の向こう側にいるその人のお母さんも見えていたから、それは、そんなにいやなことじゃなかった。

ふつうに考えたら、ちょっと気持ち悪いのかな、死んだ知らないおばあさんの服。

おばあさんが着ていて、その頭の中からはどんどんいろんなものが消えていって、最後には魂が肉体から抜けていって、体がなくなって、服が残って、その服は切り刻まれて、知らない家に行って、床や家具や犬を拭《ふ》かれたりして、そして捨てられていく。

みんなの中から、それと共に、お母さんに対する執着もだんだん消えていく。いい思い出や面影だけがどうしても消えないで残る。

鳥葬みたいなイメージ。

風に吹かれて、雨にさらされて、少しずつ、ぼろぼろになって、鳥のごはんになって……

それは決してみじめなことではなく、いさぎよく、誇り高く、自然な感じ。消えないものを信じているからこそ、可能なこと。

でも、もしかして、これはアジアの人にしかわからない感覚なのかもしれないな、とちょっと思った。

死んだおばあさんの服

お手伝いさんがぞうきんにしてと持ってきてくれたはぎれの中には、明らかに、数年前に亡くなった、そのお手伝いさんのお母さんの洋服だっただろうな、というものが混じっている。

「いやじゃないですか？　母の服が混じっていて。でも、使ってもらえるととても嬉《うれ》しいです。最近、病院にもっていっても、買った方がきれいだしはやいからって、使ってもらえないんですよ、はぎれ」

彼女は言った。

んだ、自分。どこにあったのか、ヒロコの袋。淋《さび》しいから見えないところに隠したんだ。

ほら、今はそこにリンゴのマークの建物があるじゃないか、これ、あの頃はなかったもの、今は今だから。今にいるから。

そう思って、歩き出した。

お別れしたばかりの君のことも、私はとりあえず袋に入れて、ヒロコと同じように、世界中をいっしょに旅した思い出がひとつひとつ淡くなる頃に急に思い出して歩けなくなるくらい悲しくなるのかな、そう思ったけれど、先のことなんて考えてもしかたない、とおまじないのようにとなえた。

そう思った。会うんじゃなかったっけ？　いっしょにごはん食べることはもう簡単にはできないんだっけ？

　いつだって、タクシーを降りて歩いていくヒロコに手をふると、いつまでも手をふりかえしてくれた。夜道にぷりぷりのほっぺが光っていた。気をつけて、無事で帰ってね、と毎日のように心配した。あのときの私の気持ちはどんな人間関係でもありえないくらいに純粋だったと思う。

　それまでヒロコのことで泣いたことはほとんどないのに。

　泣いたら、心の中のヒロコの袋に入ってた涙が空っぽになってすっきりした感じがした。知らないところでためていた

さびしい

何を見ても、君を思い出す。お別れは急にやってきた。

どこに行っても思い出ばっかり。

でも、いちばん悲しいのは、もう少ししたら、いちいちこんなこと思い出さなくなるってわかっていることだ。どんどん遠ざかっていく。そんなことを何回くりかえしてきたんだろう。触れない存在になったら、だんだん薄れていくからこそ、時間がたつことってありがたいんだろうけど。

いつか、渋谷のパルコの前で、信号待ちをしながら、ひとりで急においおい泣き出したことがある。

周りもぎょっとしただろうと思う。

ヒロコはもう外国に嫁に行って、いつもメールのやりとりもしているし、帰省したときにハーフのかわいいちびっ子も抱っこさせてもらって、最新のヒロコを知っている。

いっしょにいたのは遠い遠い昔のことなのに、なぜだろう、その夜の月の感じ、パルコの看板の色や渋谷を抜けていく風の感じに、公園通りの坂を上って、毎日のように待ち合わせをして、ラ・ボエムに行って、いっぱいおしゃべりして、遊んで、悩み事を打ち明けあって、いっしょにタクシーで近所だったそれぞれの家に帰ったときのことを突然に生々しく思い出した。が〜っと時間は戻っていき、今からヒロコに会うような気がした。あれ？　どうしてヒロコはいないんだろう、私は、もしも自分だったら、見に行かなくちゃと思って、寝ぼけたまま階下へのドアをあけてしまったと思う。それで炎とか煙で苦しくなって、そのまま死んでしまったかもしれない。あるいは、なにか大事なものを探したり、取りに行こうとしたり、持って降りようとして、間に合わなかっただろう。

その、スイッチがつかないところからいきなり二階の窓の外に夜中に出ることこそが、まるで獣のようでありながらも、最高に知的な瞬間の判断。心と体と魂が一体になって、ふっと動く。

それをたくさん持っていたら、自分を信じられる。

自分を信じていたら、生き延びられる。

そんなキレが一切ない私だけれど、お父さんのその瞬間を思うだけで、背筋が少しのびるのだった。

本能

一人暮らしをしている義理のお父さんは、夜中に二階のベッドで目を覚まして、ただならぬことが起きている気配を感じたそうだ。

そして、電気のスイッチを入れたが、電気がつかなかった。

そして、ここがいちばんすごいところだけれど、そのまま二階の窓から外に出た。

二階だから、壁とかなにかをつたったのか、くわしくは聞いていないが、降りてみたら、一階が火事だった。

近所の家に助けを求めて、一階はほとんど燃えたが、そうして彼は助かった。

もちろんお父さんの不始末で火が出たのだし、つっこみどころはいっぱいある。

でも、まっくろこげのウルトラマン人形だとか、黒い塊になってるこけしとか、ガラスが全部割れた棚だとか、黒こげのアルバムを見て、みんなで笑いあうんだけれど、そのあとでぞっとする。

こんなすごいことになったら、助かったほうが奇跡なんだ。

お父さんはもう目の前にいなかったかもしれないんだ。

なぜかきれいに残っていた仏壇のことも思う。お父さんに呼びかけたのだろうか、亡《な》くなったお母さんは。それをお父さんはちゃんとキャッチしたんだ、きっと。

ケると調子に乗って人前で言い出したり、たいへんなことになると思って、なるべく淡々と私は答える。

「そうなんだ〜、でもママは見ることができないからなあ、男湯に入れないし。チビちゃんも少し前まで女湯だったのに淋《さび》しいねえ」

ちょっといい話に話をそらそうとしたりなんかして。

「いや、絶対に見たほうがいい」

チビは言った。私は吹き出した。

「どうやって見るわけよ」

私は言った。

チビは、いっしょうけんめい考えて、こう言った。

「だから、じーじをおうちに呼んで、すぐに『お風呂《ふろ》にどうぞ』って言って、お風呂に入ってもらって、だまってドアをあけてチラリと見たらいいと思うよ。それで、ごめんなさいとか言わないで、そっとそのままドアを閉めたら、じーじもそのあとなにも言わないと思う。そうしてでも、見たほうがいいって」

私は「できないよ〜、そんなこと」と言いながらも、チビが綿密に練った計画がおかしくて、ついに大爆笑してしまった。

雑誌「ミセス」の連載では書けなかったネタ

　パパのお父さんであるところのおじいちゃんと温泉に行って、楽しく過ごして帰ってきたチビが、真顔で言った。

「ねえ、ママ、じーじのおちんちん、すごいんだよ、パパの四倍くらいあるんだよ、パパがこのくらいだとしたら」

　と人差し指と親指で輪を作る。

「このくらいなんだよ！」

　今度は両手で輪を作る。

　心の中ではお腹《なか》が痛いくらい笑っているのだが、あまりウ待てよ、パンがあったから、ツナトーストにしようか、いや、でもおかずがパン向けじゃないし……パプリカは一回炒《いた》めてから煮たほうが甘くなるかも……

そんな道筋を細く深くたどっていく感じは、文章を書くことにとても似ている。

文章は残るし大勢の目に入るけど、お弁当は消えものじゃないか、そういう考えは貧しいと思う。

心が燃える瞬間、それはどんなものでも等しく宇宙に刻まれるのだ。

子どもが大人になって、そのまた子どもをつくって、その子のお母さんがお弁当を作っているのを見るとき、私の子どもの頭の中に広がる雄大なお弁当山河の美しい連なりは、他のだれにもつくりだせないのだ。

おべんとう

どんな気分のときでも、あの小判型の箱にどんな彩《いろど》りでなにを入れようかと考えると少しだけ気持ちが明るくなる。

子どもがそれをあけたときの気持ちを思うだけで、つらくなくなる。

ごはんにはこの味で、でも全部茶色だとつまらないから、いや、いっそ全部茶色のグラデーションにしようか……

一瞬にしてそんなことを考えながら、米をとぐ。

た。それでもまだお父さんが勝った。あと五年したらきっと負けてしまうだろう、あと十年したらもうお父さんはいないだろう。だから今があるんだ、今しかないんだ。

チビは「ごほうびにグミをあげる」と言って、ぶどうのグミを一個あげた。机につかまりながら席に戻って、お父さんはグミをおいしそうに食べて「またやろうな」と言った。チビは「うん」と言った。

そうか、お父さんがトイレとかごはんとかＴＶを観《み》るとか、生活に直接関係ある目的以外の動きをするところを、私、久しぶりに見たんだ、と思った。それってきっととてもだいじなこと。動くのがやっとになったらむだなことばっかりが人生を救うんだ。

それから、監督はカメラ持ってないでしょ、なんで？

監督とプロデューサーとカメラマンと脚本家について、ごはんが終わってから説明したって、きっとおまえは半分以上聞いてないかどうせ忘れるだろう……。

もしかして、男の子って、いや、男って、みんなこんな感じなのかも、と思うと、これまでのいろんな男の人たちに対するいろんな怒りがすうっと消えて、かわいいものだったんだなあ、と申し訳なくさえ思った。全《すべ》ての母はそういうわけで偉大なあきらめを知っているのだ。

うでずもう

歩けないお父さんが急に椅子《いす》からがんばってたちあがった。

なにがしたいの？　どこにいこうとしてるの？　とみんな聞いた。

だってトイレは逆の方向だもん。

お父さんは孫の前に行って、うでずもうしよう、と言った。

チビはうなずいて、ふたりはうでずもうをした。まっすぐ立っていられないお父さんの全体重はそのひじにかかってい

こども

ごはんを食べているとき、もぐもぐするあいだも惜しいくらいの発見をしたらしく、言葉が追いつかないのに、とにかく説明したくって、ジュースをこぼして、しかられて、それでもどうしても一個だけ今聞きたいっていうから、なに？　と言ったら、

映画って監督がつくるの？　それともカメラの人が？　カメラは監督が買うの？　高いのに？　だってちほちゃんの、動画がきれいにとれるカメラ三十まんえんだってよ！

という疑問だった。
それって、今すぐ聞かなくちゃいけない問題か？
と言ったら、

だって、今そのことはじめて思いついたんだよ、だって、カメラの人じゃなくちゃなにを撮っていいかわからないでしょ、

ないな。怒った声とか、いらいらした態度とか、暗い声じゃなくって、なんでもないふるまいだし、なにも聞いてはくれないけどとにかくおっとりしてる、その雰囲気に。

いろんなものに触れるとおっとりは弱ってくる。

でもいろんなものを超えてきた後のおっとりは、ただのおっとりより強いみたいだよ。

もっと大きくなったら、そんなふうにチビに言ってあげたい。

おっとり

「ゲゲゲの鬼太郎のペン借りてもいい？　一反木綿がついてるやつ」

　チビが言った。

「いいよ、どうぞつかってください」

　私は言った。

　特にいつも貸さなかったわけでもないし、チビも勝手に使ってたじゃない、と思いながら。

「ママ、ありがとう。なんでそんなに優しいの？　さいきんのママはほんとうに優しいね」

　チビがわざわざそう言いにきた。


　でも、そうだったかもしれないな、と私は思う。

　いちばん忙しくて体もいちばん苦しかったころ、チビがなにを言ってもなんとなくむっとした口調だったり、つっけんどんだったりしたかもしれないし、やたらに怒りっぽかったかも。なにをやろうとしてもこれこれに気をつけなさい、ってけがされたら自分が面倒だから、言っていたかも。

　そんな生き方をしているのがいやで、病気にもなって、仕事を少し減らしたら、自然におっとりしたかもしれないな。

　世の中のだんなさんが家から奥さんを出したがらないのは、囲ってるわけでも独占したいわけでもなく、このおっとりした優しさだけに家で待っていてほしいからだけなのかもしれ

いや、あったことは、みんなあったこととして、きっと魂のどこかに刻まれてるんだと、思いたいのは、まわりの人だけなのかなあ。

空が空であるように、山が山であるように。そのことが天に刻まれてる感じがするみたいに。

そういうこと全部ひっくるめて、おじいちゃんにもおばあちゃんにも淡々と同じように話し、同じように笑いかけ、物陰で泣き、また普通に会う。だれにもわかってもらえなくても、自分が自分をわかってる。だからいい。そんな気持ちの中にこそ、神性が住んでるのかも。

だからとらなくちゃ。ただそれだけ。言葉が浮かぶまでもなかったかもしれない。

お母さんになりたい、お母さんはすばらしい、てきぱきほうきを片付ける森田さんをほれぼれと見つめて、私は生まれてはじめてほんとうにそう思ったかもしれなかった。

年をとる

おじいちゃんやおばあちゃんの頭がだんだんぼうっとしてきて、いつも酔っぱらっているときみたいに、さっきのことがわからなくなって、昔のことだったらはっきりと今目の前にあるように思えるようになってきて、だんだんと内面の苦しみと体の痛みと現実の区別がつかなくなって、いろんなことが敵に思えたり、なんでもきびしく自分にあたっているようにに思えてきたり、いつも疑い怒っていたり、そんなふうになったら、その人たちから、孫をはじめて抱っこしたときの幸せとか、子どもが小さかったときいっしょに手をつないで縁日に行ったこととか、子どもが家を出たときうんと淋《さび》しかったこととか、それでもまた遊びに来続けて新しい関係ができたこととか、みんななくなっちゃうのだろうか。

るのを気にしないで刺されることも考えないで、ほとんど反射的にささっと巣を払った。

蜂たちはただびっくりして逃げていった。巣はぺちゃんこになってばらばらのかけらになってベランダに散った。

ほれぼれしながら私は「おかあさ〜ん」と言って抱きつきたくなった。

私のお母さんは、蜂の巣なんて触れないし、頼りになるタイプでもないから、それは私のほんもののお母さんのことではない。

母なるものの力とでも言えばいいのだろうか。

一方大人の私はいろんな人を雇ってきたから、少しでも森田さんの頭の中になにかがよぎったら、すぐわかる。

あと三時間でバイトの時間も終わるし、知らないふりして帰っちゃえばいいかな、あぶない目にわざわざあうのも面倒だし、この家はこの人の家だから、私は関係ないし、痛い目にあうと時給に見合わないし、そこまでしてあげなくてもいいんじゃない？

人の顔の中にそんなささやきがよぎる瞬間を、いやというほど見てきた私。

しかたないよね、人間だし、私もそういうときがあるし、そう言って、いやというほどあきらめてきた私。

でも、森田さんは考えてなかった。だれのためとか、なにがどうなるとかじゃなかった。この家には子どもたちがいて、

蜂《はち》の巣

いつもおそうじをしてくれる森田さんが、部屋に蜂がいるという。

私も見てみたら、いつもあける窓のところにこんもりとしたアシナガバチの巣があった。巣はまだ小さいけど、もう三匹ほど大きな蜂がはりついている。

さされたらどうしよう、こんなに机の近くにあってどうしよう、こわいこわい、と腰がひけていた。そのときの私は単なるおくびょうものの子ども。

森田さんはすっとした顔になって「とりましょう、とらなくちゃ」と言い、さっとほうきを持ってきて、蜂がそこにい私は手袋をしていないし、棒も持ってないからウニはとれなかった。

裸足《はだし》だから波が来るたびにそうっと足をあげて、ウニをふまないように眺めていた。

頭の中で、何回もウニをふんだ。強い波に押されてウニをふんでしまうところを何回も思い描いてぞっとした。そして頭の中だけで何回もウニを割った。抱えるほどとって、浜辺でかーんと割って、レモンをかけてがんがん食べた。空想の世界ではウニの味までしてきて、残った殻がどんどん砂の上につみあげられていった。

でも目に見える世界では、ただまぬけにふらふらと浮かんではウニをじっと眺めている私と、私以上にじっと海の底にいるウニがそこにいるだけだった。

この世の、頭の中だけの世界ではどんなたくさんのことが起こってるんだろうと思うとぞっとする。

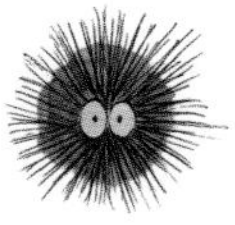

ウニ

初秋の海は冷たく、あまり人は泳がない。

ひざしは強いので、真っ青なベンチに寝転んでただ海の前にいる人たちばかり。

思い切って水に入ってみたら、水は濁っていた。

町からの汚れが流れ込んでいるせいか、季節のせいか。

濁っている水のヴェールの向こうに岩がいくつか見えてきた。海の底の岩はまるで山脈みたい。そこにはたくさんのウニがいた。

岩のかげにびっしりとはりついて、まるで影みたいに濃くいくらでもいた。

ゴーヤ

駐車場じゅうにむんむんとたちこめるゴーヤの匂《にお》い、夏の匂い。

ずっしり重い実をもぐとき、生きている幸せみたいなものがこみあげてくる。

これはきっとご先祖さまからずっと続いている本能の喜びだ。

命をうばう快感、そして痛み。

世話してきたこと、お祈りしたことで出したエネルギーが、命をもぎる切なさと全く同じ分量だから、天にも自分にもゆるされる。

ともだちが去っていっちゃって何日も泣き明かしても、お父さんがぼけちゃっても、お母さんが病院で痛がりながらひっそり横になっていても、自転車にひかれちゃったのむらさんのおじさんが何ヶ月も目をさまさなくっても、そのあいだにすくすくとゴーヤの実は育っていた。

陽をあびて、雨にうたれ、夜の闇《やみ》にまぎれ、月の明かりに照らされて。

そしてそれをもいだとき、一瞬全部忘れた。これでいいのだ。

きっと私がこの世から消えても、ゴーヤはくりかえし育っていく。

そうでないと、去れないよ。

植物の中には、見た目はずっと元気なのに内部で腐っていてある日急に崩れ落ちるタイプがいる。人間といっしょかもしれない。

　でもごまはその点陽気で単純で素朴で、芯《しん》が強い感じがする。

　毎朝その白い花に蜂やアゲハチョウが寄ってくる。

　もしかしたら、もうすぐ、ほんのちょっぴりごまが採れるかもしれない。

　でも、あのお店にはまだ売れていない、缶に入ったままの、ごま栽培セットがあるはずだ。

　そのひとつひとつの缶の中に秘められたこんな大きな可能性があの場所でじいっとしていることを考えると、なんだか全部が人間みたいで、ぞうっとした。

ごま

ごまを育てよう！　を夏休みの自由研究にしていたが、もちろんチビは先に挫折《ざせつ》した。


はじめに買ってきたのは、缶の中にごま粒と土が入っているもの。

土をふやかして、そこにごまを埋める。

芽が出てくるまでは、チビもまじめに水をやってたな。


だんだん大きくなって、白い花がちょこちょこ咲くようになってきた。

ごまの花は、食物界におけるごまの位置にそっくりな奥ゆかしさだ。すごく底力はあるけど、地味な美人さん。

水をやらないとすぐにへにょっとなって、でも水をあげるとすぐ立ち直る。

陰湿という言葉があてはまるのかどうかわからないけれど、

響き、蛾《が》や羽蟻《はあり》が飛び立つ。

もう一回お風呂に入って、焼きそばくささを洗い流し、倒れ込むように、寝る。

人が帰るときは、バス停や港に行って、いっしょに待つ。突然にバスや船はやってきて、去っていく人を吸い込んで、行ってしまう。いつまでも手をふりあう。さっきまで隣にいた人がいなくなるとぽかんとする。ぽかんとして、部屋に帰っていく。それでもまた時間が流れて、また目の前のことがやってくるだけ。そしてなんとなくまたありがとうと思う。

私は三十年間くらい、夏にそれをくりかえしてきたが、今はその暮らしをしていない。

だから夏になると、もうひとりの、幽霊のような透明な私が、あの町でその暮らしをしているのがわかる。

もうひとりの私は、今、ちょうどごはんを待ってる。もうひとりの私は今海に入ったよ、この時間は、焼きそば食べないとだめだよ、そんなふうに体が言ってくる。

死んだだんなさんに連れ添う女房のように、ダムに沈んだ町にまだ心だけ住んでいるおばあさんみたいに。

よしよし、と私は抱く。生きていくことにはこれがつきものなんだよ、今の暮らしを見なさいよ。

でも幽霊は首をふって、帰っていってしまう。
あの町へ。半透明な暮らしをしに。

いる。体が水になじんでとけてしまいそうだ。緑がこんもりした山を見あげる。なにになくありがとうと思う。たまに船がやってくる。そして波が大きくなる。船が去り、汽笛が聞こえる。

お昼を食べて、またぼるくなり、少しお昼寝する。砂まみれになって、汗だくになって、じりじり焼けて、目が覚めて、ぼうっとして水に入る。目が覚める。目が覚めるとまたばっちりと空の青を背景に緑の山がこんもりしていて、とんびが飛んでいる。またありがとうと思う。

塩っぽい気持ち悪い体でたたみの部屋に帰り、あわててしたくして、お風呂《ふろ》に入る。お風呂はじめじめしていて熱いけれど、最高にすっきりして湯上がりにコーヒー牛乳を飲む。少し夕方の風になって、全部が金色になってくるから、外を歩きたくなって散歩する。軒下のつばめの巣にはつばめの子がぎっしりとつまっている。玄関のハイビスカスにはびっしりとアリがたかっている。

だらだらと夕ご飯を食べて、部屋にもどるとせんべいぶとんがしかれていて、そこで寝転んで少し休む。それから近所に飲みにいって、焼きそばをつまむ。かたい椅子《いす》でおしりが痛いけれど、おいしい。げたの音をひびかせながら、みんなで真っ暗な夜道を帰る。なにもこわいものはない、目の前のもの以外はなにもない。そしてともだちがここにいる。めんどうなこともしなくてはいけないこともない。そして自動販売機でお水を買う。夜中の町に大きくがっちゃんという音が汗が出てきた頃、冷房がきいてくる。

目を覚ますためにごはんを食べる。おみそしるを飲む。

だる〜くなってしばらくだらだらTVを見る。

やがて、短パンのバイトさんたちや、おばあさんたちがどんどんやってきて、部屋のおそうじがはじまるから、むりにでも水着を着て、外へ出ていく。むきだしの腕にうきわのバリみたいな部分があたって、痛いけど、暑い浜辺をひたすらに歩いていく。大人や子どもや男や女、いろいろな声と波の音が重なって、遠い音楽みたいに聞こえる。

ここをかつていっしょに歩いた人たち、もう会えない人たち、もう歩けない人たち、みんなの面影もいっしょに歩いていく。

かげろうみたいに重なって、堤防をずっと歩き、いちばん遠くのおだやかな浜まで。

ビニールシートをしいて、体操して、水に入る。水はぬるい。波はほとんどない。底では魚がじっと砂にうもれて

刺されたら死なないまでも病院行きだな、と思いながら、チビがあがってくるのを待っているあいだ、真っ青な海と空が死の色に見えた。

この感じを覚えている、私のお父さんがおぼれたときの感じ。

あんまりきれいなのでみんな死の色に澄んで見えたっけ。

ぶじでよかった〜、とまだそこにいるクラゲをながめながら、みんなで神様に感謝した。

帰りの車の中でチビが「ますます陽子ちゃんのこと好きになっちゃった」と言ったので、どうして？　と言ったら、「あんなにクラゲなのに、ねえ、これってクラゲかな〜、って言ったところが、すごくよかった」と言った。うん、なるほど。男子だね。

もうひとりの私

朝起きると、窓の外から熱気と風が伝わってきて、古いじゅうたんがやけていく匂《にお》いがする。

冷たい水を飲んで、熱々になってるいすにしばしじっとすわる。

萌《も》えポイント

海の中にいた陽子ちゃんがほそ〜い声で「ねえ、これってクラゲかな〜」と言った。

見るとどう考えてもクラゲだよ、そりゃあ。子どものあたまくらいあるハブクラゲ、足は三十センチくらいふらふらと水にのびている。

「そりゃあ、まずいよ、はやくあがってきなよ、そうっとね」と私は言い、陽子ちゃんがそうっとあがってきた。私は少し沖にいるチビに声をかけた。

「あわてないで、ここを通らないで、そうっとあがってきて、なるべく早く！」

チビは一瞬パニックになりかけたが、私が水に入っていって待っていたら、少し落ち着いて、ゆっくりとあがってきた。

いる人たちみたい。ただそこにいるだけだけど、いっしょにいる。私が小さい頃みたいに。だまっていっしょにいてもなにかを交換しあっている。あたたかいもの、力になるもの。続いていくもの、変わらないもの。

　こんなすてきなものをお母さんにあげられるなんて、思ってなかったな。

庭師さん

　庭の木がどんどん枝を払われてすっきりしていく。

　庭師さんたちの足音で、上手な人かどうかすぐわかる。見習いさんはどたどたしていて、むだな動きが多い。上手な人は静かですっとしている。会話でもわかる。会話が淡々としていて、ぎゃあぎゃあしてない。庭に溶けてる感じ。聞きながらお昼寝できそうな感じ。

　一日の仕事が終わって、蜂《はち》や毛虫と戦って、体がへとへとで、真っ黒に日焼けして、帰っていくあの人たちは戦士のようだ。

　シンプルな生き方は楽じゃないけど、汚れが体にへばりつかない。

まったくおんなじ

　チビが実家の二階にどたばたあがっていった。

　姉の本棚から古いマンガを出して持ってくるんだという。

　しばらくたってもかえってこないので、見に行った。


　ほとんど寝たきりでＴＶを見ている私のお母さんの横で、チビが一心不乱にマンガを読んでいた。私はぎょっとした。その首の角度、マンガに入りこんでいる様子、足の組み方、目線、なにもかもが小さいときの私にそっくりだった。

　お母さんも特に話しかけるでもなくＴＶを見ていて、チビもただだまってそこにいる。

　そこには、たまに遊びにくる孫といっしょうけんめいしゃべったり、見つめたりする不自然な姿はなかった。同居して

Banakobanashi

本書は新潮文庫のオリジナル編集である。
なお、巻末には、平成23年12月株式会社G2010から刊行された
電子書籍「Banakobanashi」の一部を併録した。

JASRAC 出 1401542-401

人《じん》生《せい》のこつあれこれ 2013

新潮文庫　よ-18-32

平成二十六年四月一日発行

著者　よしもとばなな

発行者　佐藤隆信

発行所　株式会社新潮社

郵便番号　一六二―八七一一
東京都新宿区矢来町七一
電話　編集部(〇三)三二六六―五四四〇
　　　読者係(〇三)三二六六―五一一一
http://www.shinchosha.co.jp

価格はカバーに表示してあります。

乱丁・落丁本は、ご面倒ですが小社読者係宛ご送付ください。送料小社負担にてお取替えいたします。

印刷・錦明印刷株式会社　製本・錦明印刷株式会社

ISBN978-4-10-135943-4 C0195